栄次郎江戸暦3

小杉健治

時代小説

二見時代小説文庫

目次

見切り——栄次郎江戸暦3

第一話 毒 矢

一

芝居町の市村座の裏に町駕籠が待っていた。矢内栄次郎《やないえいじろう》は一足先に楽屋口を出た。下湰《さら》いが長引き、すっかり外は暗くなっていた。暮六つ（六時）の鐘がちょっと前に鳴り終えたのだ。

三月一日から、七代目団十郎《だんじゅうろう》の『助六《すけろく》』が上演される。団十郎の助六に対して、松本幸四郎《まつもとこうしろう》の髭《ひげ》の意休《いきゅう》、傾城揚巻《けいせいあげまき》に岩井半四郎《いわいはんしろう》と豪華な顔ぶれに、前人気は上々だった。

この三月の舞台に、大部屋の役者ながら、舞踊瀬山《せやま》流の家元である二世瀬山光之《みつの》丞《じょう》が『汐汲《しおくみ》』を踊ることになっている。

その下浚いが、きょうここ市村座であったのだ。

栄次郎が駕籠の横で待っていると、瀬山光之丞が弟子の瀬山光三郎《みつさぶろう》や興行の実質的な責任者である帳元《ちょうもと》の友蔵《ともぞう》といっしょに出て来た。

光之丞は齢四十。四十になるのに、体つきもしなやかで、踊る姿は若々しい。

弟子の光三郎が栄次郎の傍にやって来て、

「それじゃ、師匠をよろしくお願いいたします」

と、少しなおやかな仕種で頭を下げた。

芸では師匠に劣らないという評判の光三郎はまだ三十四歳。撫で肩でしなやかな手の動きなど、師匠の光之丞にそっくりだが、歳が若いだけあった。女形になると、師匠以上の華があった。

「畏《かしこ》まりました」

栄次郎はさわやかな笑顔を向けた。

威勢のよい掛け声とともに、駕籠かきが棒を肩に担いだ。

小肥りの帳元の友蔵や弟子の光三郎の見送りを受け、光之丞を乗せた駕籠は市村座を出発した。

栄次郎は駕籠の脇に付き添い、芝居町から日本橋川の鎧《よろい》河岸に出た。

船の提灯の灯が川面に映っている。料理屋の軒行灯の灯が輝きを増している。

栄次郎は芝居町を出てしばらくしてから、男が、ついて来ていることに気づいていた。

永代橋にさしかかった。駕籠かきの掛け声が一定の調子で聞こえる。光之丞は厳しい顔つきで、駕籠に揺られている。

長い橋を渡り切り、油堀のほうに向きを変えたとき、栄次郎は背後を見た。遊び人ふうの男がついて来る。

長身の痩せた男だ。顔はわからない。

いったい、何が目的で、光之丞のあとをつけるのか。


きょうは、本番と同様の衣装を身につけ、最終的な稽古をする下浚いがあった。

栄次郎は『汐汲』を踊る瀬山光之丞の地方《じかた》を務めることになった。はじめての大舞台だけに緊張している。

二本差しに三味線を抱えて、この日、矢内栄次郎は芝居小屋の楽屋に入った。すでに、兄弟子の杵屋吉太郎《きねやきちたろう》が来ていた。

刀を刀掛けに掛け、栄次郎は持って来た風呂敷包を解き、黒の羽織と袴を出して着替えた。

楽屋に刀掛けがあるのは、武士の三味線弾きがいるからだ。旗本・御家人に遊芸に精を出す道楽者が多く、中には玄人《くろうと》はだしの侍もたくさんいた。栄次郎もそんなひとりである。

細面で、目は大きく、鼻筋は通り、引き締まった口許。整った顔立ちには高貴な香りが漂う。

すらりとした体つきには武張った印象はなく、男の色気のようなものが醸し出されているのは、栄次郎が三味線弾きだからかもしれない。

下湲いを終え、楽屋に戻り、紋付き・袴から紺の着流しに着替え、博多帯を腰に巻いてキュッと締めたとき、

「吉栄《きちえい》さん。ちと頼みがあります」

つかつかと、浄瑠璃の師匠の杵屋吉右衛門《きちえもん》がやって来た。

杵屋吉栄とは栄次郎の名取《なと》り名である。この正月の七日に、栄次郎は晴れて名取りになったのだ。

「なんでございましょうか」

「瀬山光之丞師匠を、深川のお家までお送りしていただけないだろうか。いや、今、

帳元さんから頼まれたのだ」

　杵屋吉右衛門のすぐ後ろに、帳元の友蔵がいた。

「無理なら、吉太郎さんに頼もうと思うのだが」

　吉右衛門が、弟子にさんづけをしたのは、ふたりが侍だからだ。兄弟子の杵屋吉太郎も、坂本東次郎《さかもととうじろう》といって旗本の次男坊なのである。

　ちなみに、杵屋吉右衛門は横山町の薬種問屋の長男で、十八歳で大師匠に弟子入りをし、二十四歳で大師匠の代稽古を務めるまでになった才人であった。

「だいじょうぶです。私がお送りいたします」

　兄弟子の吉太郎に任せるわけにはいかない。

　師匠の吉右衛門は、友蔵に向かい、

「お聞きのとおりです。杵屋吉栄がお引き受けいたしました」

　と、伝えた。

「吉栄さん、よろしくお願いいたします」

　友蔵が一歩前に出て頭を下げてから、

「じつは、光之丞師匠は最近、何者かに付け狙われているそうなんです」

　と、声をひそめて言った。

「それは、穏やかではありませんね」

栄次郎は怪訝《けげん》な面持ちできいた。

「ところが、何の心当たりもないそうです。まあ、光之丞師匠の思い過ごしかもしれませんが……」

しかし、光之丞師匠の家は、確か小舟町と聞いていた。小舟町なら、ここと目と鼻の先。

そのことをきくと、友蔵が口許に笑みを浮かべ、

「今夜はどうしても深川のほうに帰らねばならないそうです。深川に別宅がおありとのこと」

「別宅？　ああ、そういうわけですか」

妾の家かと、栄次郎は納得した。

友蔵が去って行ったあと、

「三味線は誰かに黒船町に届けさせましょう」

吉右衛門が言った。

栄次郎が顔を向けると、光之丞は着替えの最中だった。傍に弟子が何人かついている。

駕籠は油堀にかかる中の橋を渡って、すぐに右に折れた。やがて、堀川町に入った。尾行者も中の橋を渡った。

顔を見たかったが、尾行者は暗がりに身を隠すようにつけて来る。

やがて、駕籠は黒板塀に格子戸の家の前に着いた。

光之丞が下りた。

駕籠が去ったあと、

「じゃあ、私はここで失礼いたします」

と、栄次郎は挨拶した。

「ちょっとお寄りになりませんか。このままお返ししては申し訳ありません」

細面の顔に笑みが浮かんだのは、安心したからであろう。

舞台に立つと大きく見えるが、小柄な体だ。

お気遣いはいりませんからと、言おうとして、ふと考えた。尾行していた者が何者なのか。なぜ、光之丞は狙われなければならないのか。そのことを知りたいと思った。

よけいなことに首を突っ込むなという声が、聞こえたような気がしたが、

「それでは、ちょっとだけ」

と、栄次郎は応じた。

神棚の横の壁に、三味線が二棹《さお》掛かっている。

「お久《ひさ》です」

光之丞は妾を紹介した。

光之丞の妾は、仲町の元芸者で、二十代半ばの年増《としま》だが、そこはかとない色気があり、控えめな女だった。

酒の支度をしたあと、光之丞の横で慎ましやかに座っている。

「栄次郎さん。なぜ、私が付け狙われているか不思議でございましょう」

酒を喉に流し込んで、光之丞のほうから言い出した。

「はい。でも、確かに、尾行してきた者がおりました」

栄次郎は正直に答えた。

「私にはまったく思い当たることがないのでございます」

長煙管《きせる》を片手に持ち、光之丞は困惑げに眉を寄せた。大部屋とはいえ、役者だけあって、その仕種もどこか芝居じみている。

「ひょっとして、逆恨みということもありますが」

「そうですな」

光之丞は目を細めた。

「しいて言えば、今度の舞台でしょうか」

「と言いますと？」

「いや、やはり違います。そんなことはあり得ない」

自分で自分の言葉を否定した。

「今度の舞台に何か」

「たかが大部屋の役者が、市村座の舞台で踊ることを、面白く思っていない者がいるのではと考えてみたのですが、そんなことはあり得ません」

「師匠は瀬山流の家元です。そんなことに不満を持つ者がいるとは、思えません」

栄次郎もそんなことではないだろうと思った。もっと私的なこと、たとえば、金か女……。

「栄次郎さん。さあ、一献」

妾のお久が栄次郎に酌をしようとした。

「申し訳ありません。私は不調法でして」

「そうですか。それは気がつきませんで。では、お茶を」

あわてて、お久が立ち上がった。

「いえ、お構いなきように」

栄次郎はお久に声をかけた。

「まあ、なんにしても薄気味悪いことです」

光之丞が憂鬱そうな顔をした。

お久が長火鉢から鉄瓶をとり、茶をいれてくれた。

「すみません」

礼を言い、栄次郎は湯呑みを摑んだ。

「気になるのは、知らぬうちに、私はひとから恨みを買っているのではないか、ということなのです。もちろん、心当たりはありませんが」

「いつ頃から、付け狙われるようになったのですか」

栄次郎は湯呑みを置いてきいた。

「十日ぐらい前からです。外出すると、常にひとに見られているような気がして。それで、夜はひとりでは出歩かないようにしております。今夜のように、やむを得ない場合には、どなたかに付き添っていただいておりました」

かなり、用心深く対処しているようだった。

その他、いくつかきいたが、何も得られなかった。

確かに、尾行者はいたが、光之丞に危害を加えようとしているのかどうかはわからない。ひょっとして、弟子入りを望んでいる男かもしれない。

そのことを言うと、光之丞はかぶりを振った。

他人には窺《うかが》い知れぬ、どろどろとした人間関係が舞踊の世界にあるのかもしれない。

「あまり長居も出来ません。これで失礼いたします。念のため、家の周りを調べてみます」

「お引き止めして申し訳ありませんでした」

光之丞と妾に見送られて、栄次郎は外に出た。

栄次郎は周辺を歩きまわったが、怪しい影はどこにもなかった。

安心して、帰途についた。

油堀から佐賀町を抜けて永代橋にさしかかったとき、栄次郎の脳裏にお久の顔が過《よぎ》った。

機敏に立ち居振る舞うわりには適度に控えめで、それでいて気がまわる。光之丞が夢中になるのがわかるような気がする。

だが、本妻は……。

いったい、光之丞の本妻はどんな女なのだろうかと、栄次郎は俄《にわか》に気になった。

本郷の組屋敷に帰り着いたのは、もう五つ半(九時)になろうとしていた。部屋の刀掛けに刀を掛けたとき、兄の栄之進《えいのしん》が顔を出し、

「栄次郎、母上がお待ちかねだ」

と、気難しそうな顔で言った。

「ご立腹のご様子でしたか」

「さあ」

兄は曖昧に言う。

栄次郎はすぐに母の部屋に向かった。

「母上。栄次郎、ただ今、戻りました」

「お入りなさい」

中から声がして、栄次郎は襖を開けた。

端然と座して母は待っていた。四十半ばを越えているのに、気品があるせいか、若く見える。

りんとした姿勢に、栄次郎は身の竦《すく》む思いがした。

母はすぐには切り出さない。

「母上。何か」

おそるおそる、栄次郎はきいた。

「じつは、婿の口があります」

「いえ、その儀ばかりは……」

栄次郎はあわてた。

「いつぞやも、申し上げましたように、私は三味線弾きとして身を立てたい、と思っております」

「栄次郎。そなたは、おそれ多くも……」

「お待ちください。私は矢内栄次郎。亡き父上と母上の子であります」

母は言葉に詰まっている。

「先頃、私は杵屋吉右衛門師匠より、杵屋吉栄という名を頂戴いたしました。今後、いっそう芸に励んで行きたいと思っております。母上、どうか、栄次郎の身勝手をお許しください」

母は静かに瞼を拭い、

「栄次郎。もう下がってかまいません」

「それではおやすみなさいませ」

栄次郎は静かに部屋を出た。

二

三月一日、初日予定が三日遅れて四日になって、初日の幕が開いた。

初日が遅れるのはそう珍しいことじゃありませんよと、帳元の友蔵が言っていた。金主との間で、金銭的な揉め事があったようだが、それもなんとか片づいて、ようやく舞台がはじまったのだ。

だが、正月、三月、九月の舞台で、初日が遅れることはめったにあることではないらしい。何か先行きに不安を感じさせる幕開けだったが、いざはじまれば、初日こそ不入りだったが、だんだんに客足は伸びて中日を過ぎると連日の大入り。

団十郎の助六は大当たりをとり、瀬山光之丞の舞踊『汐汲』も評判を呼んで、いよいよ千秋楽になった。

『助六』の芝居が終わり、瀬山光之丞の舞踊『汐汲』。栄次郎は唄や三味線など伴奏を受け持つ地方として舞台に立った。

立方《たちかた》は瀬山光之丞。三味線の他に鳴り物、すなわち笛や太鼓が入っている。

栄次郎の受け持ちは脇《わき》三味線。首座を務めるのが立《たて》で、それに対するのが脇である。立三味線は兄弟子の杵屋吉太郎、立唄は浄瑠璃の師匠杵屋吉右衛門である。

『汐汲』は、須磨に流された在原業平《ありわらのなりひら》と海女の松風《まつかぜ》・村雨《むらさめ》の姉妹との恋物語を扱ったものである。

幕が開き、三味線の前弾きがはじまり、置唄になる。

松一木変わらぬ色のしるしとて、映し絵島の浦風に

ここで、汐汲姿の松風が花道から登場する。赤地に金糸銀糸の縫模様の振袖で、裾を引き、腰蓑をつけて水干を着ている。頭には金烏帽子、黒塗り竹の天秤棒に汐汲桶が二つ。

花道から本舞台に出る。

見渡せば、面白や、馴れても須磨の夕まぐれ……

やがて、両肌脱《もろはだぬ》ぎで、三蓋傘という三段の傘を使っての華やかな踊り。

杵屋吉右衛門の甲高い美声が轟く。

濡れに寄る身は、傘さしてござんせ。人目せき笠、何時あおがさと……

三蓋傘を扇に替えての扇の舞いから踊り納めへ。

暇《いとま》申して帰る波の音……松風の松風の、噂は世々に残るらん

唄が終わり、光之丞は扇を掲げて決めの姿。柝《き》が入り、幕が閉まりかけたとき、光之丞の体がぐらっと揺らいだように思えた。

栄次郎は、光之丞の異変に気づいた。

幕が閉まるのと同時に、光之丞が崩れ落ちた。

「師匠」

上手《かみて》、下手《しもて》から数人が飛び出して来た。

栄次郎は平土間の客席に不審な動きの男を目にしていた。月代《さかやき》を剃らず、茶の格子縞の着物を着た、いかにも遊び人ふうの男だ。その男は長い棒を口に当てていた。吹

矢だ。

栄次郎は三味線をその場に置き、すぐに幕の傍に行った。

幕をどけて客席を見た。茶の格子縞の男が平土間を出て行く後ろ姿が見えた。

栄次郎は楽屋に戻り、裏口から外に飛び出した。表にまわったが、小屋の前はひとがたむろしていた。

木戸番の男に、

「茶の格子縞の男がどっちに行ったか見てないか」

と、きいた。

「へえ、堀のほうに行きましたが」

栄次郎は人混みを縫って、東堀留川に向かった。

河岸に出た。すると、親父橋を駆けて渡って行く茶の格子縞の男が見えた。

栄次郎はあとを追った。だが、栄次郎が親父橋にさしかかったときには、茶の格子縞の男は照降《てりふ》り横町を突っ切って、姿を消していた。

栄次郎はすぐに芝居小屋に戻った。

大騒ぎになっていた。きょうの興行は打ち切りで、吐き出されて来た客で、小屋の前はごった返していた。

「栄次郎さん」

楽屋口に向かったところで、女の声に呼び止められた。

振り返ると、おゆうが不安そうな顔で近づいて来た。横に、おゆうの父親である町火消『ほ』組の頭取政五郎《まさごろう》の顔があった。

「おゆうさん」

政五郎に会釈をしてから、栄次郎はおゆうに向かって、

「たいへんなことになりました」

「気をつけて」

おゆうは十七歳、形がよく美しい眉に、目鼻だちがはっきりしていて、ちょっと勝気そうな小さな口許が何か言っていたが、大騒ぎの声に紛れて聞こえない。

栄次郎は楽屋口から中に入った。楽屋も舞台の上も、大混乱に陥っていた。助六の扮装のままの団十郎も髭の意休も舞台に駆けつけていた。

倒れている瀬山光之丞のもとに駆け寄った。周囲をひとが取り囲んでいるので、光之丞の姿は見えない。

今、医者が手当てをしているところらしい。

栄次郎が強引に覗き込むと、瀬山光之丞は苦悶の表情で天井を睨みつけていた。医

者が手首の脈をとってから、首を横に振った。

「どうしてこんなことに」

医者が立ち上がったとき、帳元の友蔵がきいた。

「吹矢が喉に刺さったのです」

深刻そうな顔で、医者は言った。

「ごらんなさい。苦し紛れに、抜き取った矢をしっかりと握っています」

光之丞は右手に矢を握っていた。

「矢の先に毒が塗ってあったようです。とりかぶとでしょう」

「とりかぶと？」

光之丞は何者とも知れぬ者に付け狙われていた。その用心をしていたが、まさか舞台の上で狙われるとは、予想もしていなかった。

やがて、定町廻り同心が平土間に現れた。客席はすでに空になっていた。そこを突っ切って、同心の菅井伝四郎《すがいでんしろう》が小者を引き連れてやって来た。

三十代半ばの強面《こわもて》のする同心だ。鼻が異様に大きいのが目につく。

菅井伝四郎が舞台に上がると、ひとが左右に割れ、光之丞の亡骸が露《あらわ》になった。

伝四郎は、光之丞がすでに死んでいることを確認したあとで、喉の傷を見ている。

矢の突き刺さった箇所が丸い黒い染みのようになっている。

「これを握っておりました」

医者が矢を差し出した。

「吹矢か」

「おそらく、この先にとりかぶとが塗ってあるものと思われます」

「ちっ。なんと大胆な」

菅井伝四郎は視線を矢から周囲の者に移し、

「誰か怪しい奴を見なかったか」

と、誰にともなくきいた。

「私が見ました」

栄次郎は一歩前に出た。

「おまえさんは？」

「はい。瀬山光之丞さんの踊りの地方を務めておりました。踊りの最後、幕の閉まる寸前に、平土間にいた茶の格子縞の遊び人ふうの男が吹矢を吹いたのを見ました」

栄次郎はそのときの様子を説明した。

「なるほど。最後に動きを止めた刹那を狙ったってわけか。どの辺りだ？」

栄次郎は舞台から平土間に下りた。

そして、男がいた辺りに立った。そこから改めて舞台を見た。ここからだと、標的は小さく見える。吹矢の腕の確かさが想像された。

舞台に集まった関係者を見て、栄次郎は妙に思った。弟子の光三郎の姿がない。

と、そのとき、舞台の袖から光之丞の弟子のひとりが駆け寄って来た。

「おそれいります。ちょっとお顔を」

と、弟子が訴えた。

「いいだろう」

菅井伝四郎が鷹揚に言う。

弟子は亡骸の前にしゃがんで、顔を覗き込んだ。あっという奇妙な声を上げたので、

「どうした、何かあったか」

と、菅井伝四郎が鋭い声できいた。

「これは師匠じゃありません」

「なに、光之丞ではないと言うのか」

「はい。兄弟子の光三郎です」

栄次郎は耳を疑った。

「どういうことだ?」

菅井伝四郎が怒鳴るようにきいた。

すると、その弟子が身を縮めて言った。

「じつは師匠はきょう楽屋入りしたあと、急に体の不調を訴え、やむなく弟子の光三郎さんに踊りを代わってもらったのです」

「なんだと」

菅井伝四郎が帳元の顔を見た。

まじまじと亡骸を見て、

「なるほど。光三郎さんだ」

と、帳元は呻《うめ》くように言った。

「下手人は身代わりだと気づかずに襲ったってことか」

菅井伝四郎が難しい顔つきで言った。

「帳元。小屋の外に来てください。客が騒いで」

木戸番の男が呼びに来た。

複雑な思いで、栄次郎は光三郎の亡骸を見つめていた。

三

降ったかと思うと陽光が射し、また空が曇るという不安定な天候だったが、棺桶が本所の寺に向かうときには薄陽が射していた。

瀬山光三郎のお弔いに、栄次郎は参列した。何度か言葉をかわした程度だが、その死に際を目の当たりにしているせいか、栄次郎は親しき者の死のように感じられるのだった。

参列者は皆一様に悲しげな表情だった。妻女のおとよが呆然としている姿が哀れであった。瀬山光三郎はまだ三十代半ばと若く、踊りの技量も師匠光之丞に迫るほどであった。代役に出たときも、誰も光之丞が演じていることに疑いを挟む者はいなかった。

将来を有望視されていた者のお弔いというだけでなく、光三郎の死を悼む者が多かったのは、その人柄のせいであろう。ともかく、物腰が柔らかい。踊りの技量を鼻にかけることがないから、誰からも好かれていたようだ。

昨夜の通夜で聞いた光三郎の人望については、故人に対する賛辞ではないことがよくわかった。

そんな中でも、師匠である光之丞の悲嘆ぶりがひと目を引いた。

あの日、瀬山光之丞は朝から体が重く、目眩がしていた。どうにか楽屋入りしたものの、立っているのがやっとという状態で、舞踊はとうてい無理だった。

そこで、弟子の瀬山光三郎に代役を頼んで、こっそり自宅に引き上げ寝ていたのだ。

不思議なもので、弟子は師匠に似てくるものらしい。光三郎は体つきばかりでなく、踊りの仕種《しぐさ》まで似てきて、これまでにも何度か、代役を務めたことがあったらしい。白塗りで衣装をつけると、先入観から光之丞と思い込んでしまうのだ。

光之丞に何かあったとき、すぐに代役に立つという心構えは、常に光三郎にはあったようだ。

もし、代役を頼まなければ、光三郎は死ぬようなことにはならなかった。光三郎を殺したのは俺だと、光之丞は自分を責め、すっかり憔悴していたのだ。

亡骸を埋葬し終えたあと、栄次郎は弟子のひとりの言葉を聞きとがめた。

「おかみさんはさぞお力落としだろう。おつやさんを亡くした上に、今度は光三郎兄さんまで……」

その声の主に、栄三郎はきいた。

「おつやさんというのは？」

「おとよさんの姉です」

色白の弟子が、声をひそめて続けた。

「半年ほど前に、大川に身を投げて死んでしまったんですよ。おとよさんは悲嘆の涙にくれておりました」

「なぜ、おつやさんは死んだのですか」

「理由はわかりません」

弟子は悲しげな顔つきになった。

「おつやさんは、何をなさっていたのですか」

「深川の芸者です」

ちょうど、僧侶の読経がはじまった。

改めて、おとよを見た。姉の死を聞いたせいか、悄然とうなだれている姿が、よけいに哀れを誘った。

冷たい風が吹いて来た。読経はまだ続いていた。

お弔いのあとで、栄次郎は吾妻橋を渡って、黒船町にあるお秋《あき》の家に寄った。

お秋に清めの塩をかけてもらってから、栄次郎は家に入った。

「お疲れのようね」

お秋が心配そうに声をかけた。

お秋は大柄な女で、顔の造作も大振りだが、女盛りという感じで、色気に満ちあふれている。

栄次郎の屋敷に奉公していたときは、地味でおとなしい娘だったが、すっかり変わって、女がこんなにも変われるものかと、栄次郎は再会したときは驚いたものだった。

母に内緒で三味線を習っていたこともあり、三味線の稽古の場として、この家の二階を借りるようになった。

「あんなことになるとは、思いもしませんでした」

栄次郎は吐息を漏らした。

お秋が部屋を出て行き、栄次郎はひとりになった。

しばらくして、女中が呼びに来た。

同心の菅井伝四郎が下に来ているという。

栄次郎は階下に行った。

上がり框に菅井伝四郎が腰をおろし、お秋が相手をしていた。伝四郎はふんぞりかえって、お秋に砕けた口調で何か言っている。

　栄次郎は近づいて、

「私に何か」

　と、腰を下ろして訊ねた。

　菅井伝四郎は上がり框に腰を下ろしたまま、

「少し、お訊ねしたいことがございましてな」

　こちらが武士なので、菅井伝四郎は言葉づかいは丁寧だが、目には侮蔑の色が浮かんでいる。芸人という蔑《さげす》みの目だ。

「なんなりと」

　栄次郎は質問を促した。

「例の吹矢を射った男です。小屋掛けの芸人たちから話を聞いたのですが、吹矢の名手といわれた男でも、構えてから、狙いを定めて矢を放つまで少し時間がかかるそうです。あのときの吹矢の主はいかがだったか。狙いを定めていたのか」

　菅井伝四郎は眼光鋭くきいた。

「いえ。長く構えていれば、周囲も気づいたはずです」

「周囲の者は舞台に気をとられていたとはいえ、誰も気づかなかった。ということは、下手人は構えてからすぐに矢を放ち、それが見事に喉に命中している。そんな芸当が出来るのは数えるほどしかいないらしい。だが、名手と言われた三人は、ともに四十を越えている」

「そうですか。私が見た男は三十前後だと思います」

しかと顔を見たわけではないが、そんな印象を持った。

吹矢は子どもの玩具であり、また盛り場でも遊戯のひとつとして使われているが、武術として成り立っているわけではない。

「さらに、それでも長い筒が必要だそうだ。あの客席から長い筒は使いづらい。そうすると、それほど長い筒ではなかったということになるな」

「そうです。そんなに長いものではなかったようです」

盛り場などで使われているのは九尺（約二・八メートル）ほどの長さのものもある。

それよりはるかに短かった。

「どうやら、下手人は自分ひとりで腕を磨いていたものと思える」

「これまでにも、そういう殺し方があったのですか」

「去年の夏、一件あった」

菅井伝四郎は面倒くさそうに答えた。

「被害者は？」

「足袋《たび》問屋の『若狭屋《わかさ》』の若旦那だ」

「殺し屋のようですね」

殺し屋だと考えるのが妥当であろう。だとすれば、雇った人間がいるということだ。

「先の事件から、何もわかることはなかったのですか」

「いや。わからない。『若狭屋』にしても、若旦那の藤太郎《とうたろう》が死んだあと、大旦那がまだ頑張っている。藤太郎が死んで得した者はいないんだ」

「じゃあ、藤太郎は誰かに恨みを買われていたのでしょうか」

「そうだとしても、その恨みが何かわからない。仮に、利益を得た者がいたとしても、その者が殺し屋を雇ったと単純には決めつけられんよ。証拠はないのだから」

「恨みだとしたら、女絡みではないのですか」

「藤太郎は夜、頻繁に外出し、帰って来たときには化粧の匂いがしていたと、古参の女中が言っていた。おそらく、隠れた女がいたのかもしれん」

「女の名は？」

「誰も知らぬ。秘かにつきあっていたようだからな」

藤太郎に捨てられた女が、恨みから殺し屋を雇った。その可能性もある。

「その女を探し出せたら、何かわかるかもしれませんね」

「その女を見つけるのは難しいな。なにしろ、一年以上も前のことだ」

「藤太郎の遊び仲間に聞けば何かわかるかも」

「そんなことは、とうの昔にやっている」

「今度の下手人、殺し屋を依頼するに当たっては、先の事件の真犯人から殺し屋を紹介された可能性がありますね」

「矢内どの。そんなことは我々が考える。矢内どのは三味線でも弾いておられるのがよろしかろう」

菅井伝四郎は口許をひん曲げ、

「それにしても、武士ともあろうものが芸人の真似事など」

と、吐き捨てた。

栄次郎は苦笑したが、お秋が黙っていなかった。

「おや、旦那。お侍さんが三味線弾きになっちゃいけないと言うんですかえ。それに、栄次郎さんの芸は、芸人の真似事じゃありませんよ」

「軽薄なものは軽薄だ」

「なんですって」

「まあまあ、お秋さん」

栄次郎がお秋をなだめた。

「あまり生意気な口を叩くと、こっちもよけいなことをしなくちゃならなくなるぜ。いいのかえ、お秋」

「よけいなことって何さ」

「この家には、ときたまわけありの男女がやって来るって話だ」

「旦那。何を仰《おつしや》っているんですね。いい加減なことを言うと、旦那が大怪我をしますよ」

「面白い。やってやろうか」

菅井伝四郎は立ち上がって、腰から十手を抜き出した。

「おう、何の騒ぎだ」

戸口に、お秋の旦那の崎田孫兵衛《さきたまごべえ》が現れた。

「うるさい。黙っておれ」

後ろも見ずに、菅井伝四郎は一喝した。

小者は必死になって、伝四郎の袖を引っ張っている。

「うるさい。なんだ」

菅井伝四郎が振り返った。

そのとたん、顔面から血の気が引くのがわかった。

「崎田さま」

脂ぎった顔の崎田孫兵衛が、土間に入って来た。

崎田孫兵衛は同心支配掛かりの与力で、同心の監督や任免などを行う。この同心支配から町奉行所与力の最高位である年番方《ねんばんかた》になるのであり、そういった意味では、お秋はいい旦那を摑んだというべきか。

「どうして、ここに」

菅井伝四郎が間の抜けた声を出した。

「兄さん、いらっしゃい」

お秋がしらじらしく声をかけた。

周囲には、崎田孫兵衛は妾のお秋を腹違いの妹としているのだ。

崎田孫兵衛が刀を腰からはずし、青くなって呆然としている菅井伝四郎の脇をすり抜けて板の間に上がった。

「栄次郎、何かあったのか」

「いえ、菅井さまが例の市村座での事件のことで、私を訪ねて参ったのです」

「そうか。菅井伝四郎。ご苦労だな」

「い、いえ」

「こいつは俺の妹のお秋だ。もし、お秋に粗相があったなら、俺に免じて許してやってくれ」

「とんでもありません。それでは、私はこれで……」

菅井伝四郎は、逃げるように立ち去った。

「あんなにあわてやがって」

崎田孫兵衛は鼻で笑った。

「いやな野郎。塩を撒いておき」

お秋は女中に命じて、崎田孫兵衛と奥の部屋に向かった。

栄次郎は引き上げようとしたが、崎田孫兵衛が酒をつきあえと言い出した。部屋を貸してくれているお秋の手前、無碍《むげ》に出来ず、仕方なしに長火鉢の前に座った崎田孫兵衛の近くに腰を下ろした。

お秋が崎田孫兵衛から栄次郎の盃に酒を注いだ。が、栄次郎が下戸《げこ》なのを知っているので、お秋は注ぐ振りをした。

「お秋。ちゃんと注いでやんな」

崎田孫兵衛は抜け目なく見ていた。

仕方なく、お秋が改めて酒を注いだ。

今夜の孫兵衛はご機嫌だった。何かいいことがあったのか。

「旦那。何かありました？」

お秋がわざと甘えるようにきく。

「なあに、たいしたことではない。じつは、内与力の……」

そこまで言って、崎田孫兵衛は言葉を切って、栄次郎の顔を見た。

ちびりちびりと呑んでいた盃を呑み干し、栄次郎は、

「私はこれで」

と、挨拶して立ち上がった。

四

翌朝、栄次郎は顔を洗ってから刀を持って庭に出た。

薪小屋の横に枝垂《しだ》れ柳の木がある。ようやく芽吹いてきた。この柳を相手に刀を振るのが栄次郎の日課だった。

栄次郎は子どもの頃から田宮《たみや》流居合術の道場に通っていて、二十歳を過ぎた頃には師範にも勝る技量を身につけていた。

栄次郎は柳に向かい、居合腰で、膝を曲げる。左手で鯉口を切り、右手を柄《つか》に添える。

小枝が風に微かに揺れた。右足を踏み込んで伸び上がりながら、刀を鞘走らせる。風を斬り、小枝の寸前で切っ先を止める。そして、頭上で刀をまわして鞘に納め、再び居合腰になった。

ゆうべはなかなか寝つけなかった。たった一度、光之丞の護衛についたというだけであり、光三郎の死に、何らの責任を感じる必要はない。にも拘《かか》わらず、栄次郎はそのことを気に病んでいた。

吹矢の男を尾行したにも拘わらず、見失ってしまったことが、悔いとなっているのかもしれなかった。

その悔しさを追い払うように、何度も素振りを繰り返した。いつも以上に時間をかけたので、息が切れてきた。

汗を拭き終えてから、栄次郎は兄とともに朝食をとった。

食事を終え、いったん部屋に戻ってから、栄次郎は兄の部屋に行った。

「兄上、よろしいでしょうか」

「入れ」

兄の声がした。

「何用か」

兄は厳しい顔をしているが、決して不機嫌なわけではない。亡き父と同じで、謹厳実直で融通のきかない性格がそういう顔つきにしているのだ。

栄次郎は部屋に入って襖を閉めてから、兄の前に座り、

「ちょっとした実入りがありましたので、もしよろしければお使いください」

と、一両を差し出した。

兄の表情が動いた。

「栄次郎。なんの真似だ」

「ごたごたがあって、少し遅れてしまいましたが、先月、芝居小屋に出演していただきました。私はあまり使い道がありませんので、もし兄上に使っていただけたらと」

「そんな気を遣うではない」

喉から手の出るほど欲しいくせに、兄は素直に受け取れないのだ。そんな兄の性格はわかっているので、栄次郎は兄が受け取りやすいように言葉を尽くす。

「いえ、気を遣っているわけではありませぬ。どうせ三味線で稼いだもの。兄上に、有意義に使っていただけたらと思いまして」

「うむ。そなたがそれほど言うなら」

兄が手を出した。

懐に仕舞ったのを確かめて、

「兄上。あっちのほうはいかがですか」

と、栄次郎は声をひそめた。

「あっちとは」

兄はとぼけた。

「深川です」

「まあまあだ」

顔を背けて、兄は答えた。

栄次郎は昼過ぎに屋敷を出て、湯島を通って元鳥越町にある杵屋吉右衛門師匠の家に行った。

稽古場には他に弟子はなく、すぐに栄次郎は見台《けんだい》を挟んで師匠と向かい合った。

「いろいろたいへんでしたね。帳元さんも、後始末がたいへんだったようです。楽日《らくび》だったことで、損害は僅かで済んだようですが」

「せっかくの芝居があんなことで終わるなんて、想像も出来ませんでした」

栄次郎もしみじみ言った。もし、これが初日にでも起きていたら、あとの興行に大きな影響を及ぼしたはずだ。その意味では、千秋楽だったことがせめてもの救いだった。とはいえ、それは、帳元や他の役者をはじめとするひとたちの話であって、当事者である瀬山光三郎の周辺は、地獄の底に突き落とされたのだ。

「私が光之丞師匠の護衛を引き受けて、吉栄さんにとんだご迷惑をおかけしてしまいました」

師匠が頭を下げた。

「とんでもありません。師匠には何の関係もありませぬ」

「お弔いの席でも、光之丞師匠はだいぶ気落ちしておられましたな。それはそうでしょうな。代役を頼んだばかしに、光三郎さんが死ぬ羽目になってしまったのですから」

「このあと、ちょっと顔を出してこようと思っております」

「それがよろしいでしょう。私も明日にでも顔を出そうかと思っております」

きょうから『近江《おうみ》のお兼《かね》』という曲に入った。近江の琵琶湖の辺《ほとり》にいた大力の娘の話である。

出だしの部分だけ浚って、栄次郎は稽古場を辞去した。

その足で、栄次郎は小舟町の本宅に、瀬山光之丞を訪ねた。

奥の稽古場からは物音ひとつしなかった。まだ、光之丞は稽古の出来る状態ではないのだろう。

女中に訪問を告げると、女中は奥に引っ込み、代わって細面の暗い感じの年増が出て来た。妻女らしい。

「どうぞ、こちらへ」

小さな声で言い、妻女は栄次郎を廊下を渡って内庭に面した座敷に案内した。そこに、光之丞が臥せっていた。

「これは吉栄さん」

名取りの名で呼び、光之丞が起き上がろうとしたので、あわてて栄次郎は止めた。

「どうぞ、そのまま」

「いえ、もうだいじょうぶでございます」

光之丞が半身を起こすと、妻女が緩慢な動作で羽織を着せかける。

袖は通さず、肩に羽織ったまま、光之丞は顔を向けた。

「こんなことになろうとは……」

光之丞は辛そうに唇を噛みしめた。

「一番弟子を失って、悔しくてなりません。代稽古が出来るところまでになったというのに」

光之丞が無念そうに言う。

「代稽古ですか」

「子どものときから先代に弟子入りをし、先代も目をかけておりました。そのこともあって私も光三郎には目をかけ、引き立てて参りました。その光三郎を死なせてしまった……。なぜ、あのとき代役を頼んだのかと、悔やまれてなりませぬ」

「しかし、代役を立てなければ、師匠が命を落とす羽目になっておりました」

栄次郎はなぐさめた。

「そうなのですが」

光之丞の横で、妻女が無表情ではべっている。おすみと、光之丞は呼んでいた。

「師匠。下手人は当然ひと違いをしたことを知っているはずです。だとすれば、また改めて師匠を狙うやもしれません。どうぞ、しばらくの間はご用心を」

「はい。私も不安で仕方ないので、身を守ってくださるお侍さまを雇うことにしました。ご浪人ですが、腕は立つとのこと。当分、そのお侍さまに付き添いをお願いしようと思っています。菅井さまも、気を配ってくれるようですので」

同心の菅井伝四郎のことだろう。

「それなら、安心です」

栄次郎はほっとしたように言った。

いつの間にか、妻女のおすみはいなくなっていた。

ふたりの間に、何か冷え冷えとしたものを感じた。


それから数日経った。

その日の午後、栄次郎がお秋の家の二階で、三味線の稽古をしていると、階下で言い争うような女の声が聞こえた。やがて、梯子段《はしご》を上がって来る足音。

いきなり、障子が開いた。

「ほら、いらっしゃるじゃありませんか」

おゆうが勝ち誇った顔で入って来た。

そのあとから、恐ろしい顔のお秋が現れた。

「どうしたのですか」

栄次郎は三味線を横に置いた。

「栄次郎さんは留守だと、私を追い返そうとなさったんですよ」

おゆうが訴えるように言う。

「追い返そうだなんて。栄次郎さんはお稽古中だから、邪魔されても困ると思ったから」

「あら、私は邪魔なのですか。そう思っているのは、お秋さんだけじゃないんですか」

「なんですって」

「まあ、まあ」

栄次郎はふたりを押し止めた。

ともかく、お秋とおゆうはいつも角をつき合わせている。

「内儀《おかみ》さん」

そこに女中が廊下で呼んだ。

ふんとおゆうを睨んで、お秋は部屋を出て行った。

「やっと、栄次郎さんとゆっくりお話が出来るわ」

今の今まで、お秋と衝突していたことなど忘れたように、おゆうは笑みを浮かべた。

「あんなことがあって、あわただしかったですからね」

「ええ、ほんとうに、きょうまで長かったわ」

おゆうはしみじみと言う。

事件から十日経ったが、瀬山光三郎殺しの下手人はわからなかった。

吹矢を扱う芸人の線からも、栄次郎が見た男は見つからなかった。瀬山光之丞も用心棒を雇ってから、怪しい者に付け狙われることもなくなった。同心の菅井伝四郎から、そう聞いている。

梯子段を上がって来る足音がした。お秋の声がする。どうやら、客らしい。

おゆうは襖まで這いずり、隙間を作って覗いた。

「品のいい内儀さんよ」

戻って来て、おゆうが報告する。

「いけないよ。そんな真似」

「あら、いけないのは、どっち？　あのひとたちでしょう」

襖がそっと開いて、お秋が入って来た。

「お客さまですから、お静かに」

お秋がおゆうに言う。

「男のひとは、あとから来るのね」

おゆうが好奇心に満ちた目を向けた。

「まあ」

お秋は呆れた顔をして、

「お客さまには興味を持たないでくださいな」

と、ぴしゃりと言った。

「はい」

おゆうはぺろりと舌を出した。

お秋は空いている二部屋を、逢い引きの男女のために貸している。

なにしろ、与力の妹の家だということを客は知ってやって来る。何かあった場合でも、与力に関係している家ならば安心だという思いがある。

だが、どうやって、そういう噂を広めたのかというと、どうやら、お秋が近くの料理屋の女将に耳打ちしたり、また、お秋の旦那の崎田孫兵衛が、商家の旦那にこっそり話しているようだ。

「お秋さん。どうやら、お連れさんが来たようですよ」

梯子段を上がる足音を聞いて、栄次郎は言った。

廊下から女中が小声で呼んだ。

「じゃあ、栄次郎さん。また、あとで」

栄次郎からおゆうに向けた顔は夜叉のようだ。

お秋が部屋を出て行ってから、しばらくして男がさっきやって来た女の部屋に入って行った。

その様子をまた見て来て、遊び人ふうの男だと、おゆうが言った。

「また、お秋さんに叱られますよ」

「いいの。私、お秋さんから叱られるの、そんなにいやじゃないんですもの」

おゆうはお秋に叱られても、しゃあしゃあとしている。

「それより、栄次郎さん。まだ、吹矢の男は見つからないんですか」

「そのようですね」

「この前、町で光之丞師匠をお見かけしたけど、浪人が付き添っていましたよ」

「ああ、用心棒ですね。用心棒を雇ったと言っていましたから」

毎日、怯えながら過ごしているであろう光之丞を思い浮かべ、栄次郎は早く平穏な日々が訪れるように祈らずにはいられなかった。そのためには、下手人を捕らえることだが、見通しも立っていないようだった。

ふと、女の叫び声が聞こえた。向こうの部屋ではじまったのだ。

目の前におゆうがいる。栄次郎は困惑した。

それまでにぎやかだったおゆうの口数が、急に少なくなった。

また、切なそうな声が耳に飛び込んだ。その声がときに激しくなったかと思うと尾を引くように消え、再び、大きな声になった。

栄次郎は深呼吸をして乱れる気持ちを整えた。

「おゆうさん、外に出ましょうか」

「はい」

おゆうはしおれた花びらのように小さく頷いた。

梯子段を下りて行くと、お秋が飛び出して来た。

「ちょっと外に出て来ます」

おゆうは栄次郎の横で小さくなっていた。そんなおゆうを、お秋がおかしそうに見送った。

隅田川の土手に出た。新緑が目に眩《まぶし》く、川面も西陽を浴びて光っている。

「ああ、いい気持ち」

おゆうがやっと本来の自分に戻って、両手を広げて伸びをした。

それを見て、栄次郎が笑うと、

「女だてらにみっともない、と思ったんでしょう」

と、おゆうが睨みつけた。

「いえ、それより、川風が気持ちいいですね」

「ほんとう」

おゆうは対岸を眺め、

「御竹蔵《おたけぐら》の藤はそろそろ終わりかしら。亀戸天満宮はどうかしら。ねえ、今度連れて行ってくださいな」

と、さりげなく言う。

「いいですね」

「栄次郎さん」

おゆうの言葉つきが急に改まった。

「栄次郎さんは、お嫁さんをおもらいにならないのですか」

「ええ。まだ……」

「でも、栄次郎さんのお歳では、もう早くはないんじゃありませんか」

「世間は世間です。一人前の三味線弾きになるまでは、妻帯したいとは思いません」

「ほんとうに三味線弾きになられるのですか。お侍さんをやめるのですか」

「ええ。いつかは、そうしたいと思っています」

「じゃあ、お嫁さんは町人の娘でもいいのですね」

「そうですね」

「私でも」

「えっ」

おゆうは白い歯を見せ、

「じゃあ、帰ります」

と、さっさと土手を下りて行った。

苦笑してから、栄次郎はおゆうのあとを追った。

おゆうを蔵前通りまで見送り、栄次郎はお秋の二階に戻った。

お秋が追うようについて来た。

あの嵐のような声はやんでいた。もう引き上げたのかもしれないと思った。

「おゆうさんってへんな娘さんね」

お秋が生真面目な顔で独り言のように言う。

「そうですね」

栄次郎はさっきのおゆうの言葉を思い出した。

「確かに、へんな娘です」

しばらくいてから、お秋は部屋を出て行った。

だいぶ部屋の中が暗くなっていた。そろそろ引き上げようと、栄次郎は立ち上がった。

襖を開きかけたとき、向かいの部屋の襖が開いて女が出て来た。顔を合わせてはまずいので、栄次郎はそのまま部屋の真ん中に引き返そうとした。が、女の顔が瞼の裏に強い印象で残った。

不躾《ぶしつけ》を承知で、栄次郎は隙間から廊下に出て来た女の顔を確かめた。火照《ほて》ったような顔は女の色香が滲み出ている。

それが光之丞の妻女のおすみだと確信するまで時間がかかった。あの光之丞の家で見た暗い地味な女とは別人だった。

おすみが梯子段の下に消えたあとも、栄次郎は佇んだまま、胸にわだかまりが生じていくのを感じていた。

男はあとから引き上げるつもりなのだ。

光之丞はお久に夢中のようだ。その寂しさが、おすみの心を他の男に向かわせたのだろう。いや、あの上気した顔つきには喜びさえ感じられた。亭主に相手にされない寂しさから逃れただけのものとは思えない。

しばらくして、襖が開いた。背の高い、小粋な感じのする三十過ぎの男だ。あの妻女が夢中になっているのがわかるような気がする。

商人のようには思えない。男は梯子段を下りて行った。おすみはあの男といるときは別人になるようだった。いや、本来の自分を取り戻しているのかもしれない。

何か気になった。

栄次郎は刀をとって部屋を出た。梯子段を下りると、お秋が出て来た。

「お帰りですか」

「はい。急用を思い出したので」

そう言い捨てて、栄次郎は外に飛び出した。

まだ、陽は落ち切っていない。

男は通りに出ると蔵前のほうに向かった。栄次郎はあとをつけた。

自分は何をしているのだという、心の声が聞こえた。駕籠が行き、侍の姿もあり、行商の男や職人、それに商家の内儀ふうの女が行き交う。

蔵前通りはひとの行き来が多く、すぐ男の姿が人影に隠れる。そのため、栄次郎は出来る限り、男に近づいた。

男の背中を見つめながら、吹矢の男のことを思い出した。あの男と似ているかどうか、わからない。

もし、吹矢の男と前を行く男が同一人物なら事件の説明が容易につく。妻女のおすみと共謀で、亭主の光之丞を殺そうとしたという筋書きになる。

浅草御蔵を過ぎ、浅草橋の手前で、男は左に折れた。

男は平右衛門町の長屋に入って行った。

栄次郎も路地を入る。夕飯の魚を焼いている女房がいた。

男が一番奥の家に入って行った。女房がこっちに目を向けた。

「今ここを入って行ったのは留吉《とめきち》さんだったかな」

栄次郎はとぼけて、いい加減な名前を出した。

「違いますよ。浜吉《はまきち》さんです」

「えっ、浜吉さん？　そうですか。てっきり、留吉さんかと思って追いかけてきたのですが、どうやらひと違いだったようだ」

「それは残念でしたねえ」

「浜吉さんは何をしているのですか」

「船頭さ。そこの『豊島屋』という船宿ですよ」

「船頭さんですか。やはり、ひと違いでした。失礼しました」

栄次郎は長屋を出て、柳橋に向かった。

柳橋に出ると、神田川沿いに船宿が並んでいて、『豊島屋』はすぐにわかった。

それを確かめてから、栄次郎は踵を返した。

五

二日後、栄次郎は瀬山光之丞を訪ねた。

内弟子の娘が、玄関横の小部屋で待つように告げて、去って行った。

稽古場から板を踏む音と掛け声が聞こえた。稽古をはじめたらしい。

栄次郎は立ち上がって、廊下に出て、稽古場に行ってみた。光之丞はおらず、女の弟子が浴衣姿で稽古をしていた。

坪庭の向こうに光之丞の姿が見えた。女と向かい合っている。その女の横顔を見て、すぐに光三郎の妻女のおとよだということがわかった。

栄次郎は、元の小部屋に戻った。

やがて、光之丞の声が聞こえた。おとよを見送りに、玄関まで出て来たようだ。

ふたりは挨拶をかわし、格子戸の開く音がした。

しばらくして、光之丞が自ら栄次郎を迎えに来た。

「お待たせいたしました。どうぞ、こちらへ」

光之丞は栄次郎を奥の部屋に導いた。

さっきまで、おとよが座っていた場所に腰を下ろすと、光之丞が手を叩いた。

光之丞の妻女のおすみが音もなく出て来た。

「これを片づけて、新たなお茶を」

光之丞が言う。

おすみは黙って空いた茶碗を持って、台所に引っ込んだ。

生きることに疲れたような暗い顔だ。ほんとうに、きのうの女と同一人だろうかと疑った。

「今、いらっしゃっていたのは光三郎さんのおかみさんですね」

「はい。ようやく気持ちの整理もつき、お元気になられたようです」

「その後、いかがでしょうか」

栄次郎は確かめた。

「はい。もうだいじょうぶのようなので、近々お侍さまにはお引き取りいただこうと思っております」

用心棒の必要がなくなったというのだ。

「これまで、何もなかったのですか」

念のためにきいた。

「はい。もう、相手は諦めたのだと思います。間違ったとはいえ、何の罪もない男を殺してしまったのです。心ある者なら、これ以上の殺生をするまいと思うのではないでしょうか。それに、町方《まちかた》の目も光っておりますから」

そう断言出来るか、わからないと思ったが、光之丞の決めたことだ。栄次郎がよけいな差し出口をきくことは出来なかった。

いつの間にか、おすみはいなくなっていた。

「不躾なことをお伺いいたしますが、ご妻女は先代の家元の娘さんとお聞きいたしましたが?」

「はい。さようでございます。私が入婿になり、瀬山流を継ぎました」

「いずれ、お子さまが三世を名乗ることになるのですね」
光之丞には竹蔵《たけぞう》という十歳になる男の子がいる。
「はい。まだ、先の話ですが」
おすみは先代の娘である。つまり、光之丞は家元の娘婿になり、跡を継いだという
ことになる。
おすみのことで、もう少し探りを入れたいと思ったが、いつ再び現れるかもしれず、
また、どう切り出すかわからなかったので、それ以上の質問は出来なかった。

小舟町からの帰り、神田須田町にさしかかったとき、足袋問屋の『若狭屋』の屋根
看板が目に入った。
店の前で、栄次郎は足を止めた。
確か、ここの若旦那も吹矢で殺されたのだ。
よほど、家人に話を聞いてみようかと迷っていると、私用の玄関から出て来た侍が
いた。着流しに巻き羽織。同心の菅井伝四郎だ。
「これは、菅井さま」
栄次郎のほうから声をかけた。

「矢内栄次郎どのか」

菅井伝四郎は目を細めて見た。

「今、瀬山光之丞さんのところに行って来たところです。もう、狙われる心配はないのでしょうか」

「心配ない。下手人はすぐ捕まる」

「ほんとうですか。目星がついたのですね」

「まあな」

「誰なんですか」

「まだ、明かすわけにはいかん」

「『若狭屋』にはどんな用で?」

栄次郎は『若狭屋』に目を向けてきいた。

「だから、吹矢の男の件だ」

不機嫌そうに答え、菅井伝四郎はさっさと日本橋のほうに向かって歩き出した。

引き返す形になるが、栄次郎は並んで歩いた。

「今度の件と、『若狭屋』の件とを結ぶ何かがわかったのですか」

不快そうに、菅井伝四郎は顔をしかめた。

「あとでわかります」

ぶっきらぼうに言ったあとで、菅井伝四郎はふと顔つきを変えたので、おやっと思った。

菅井伝四郎は声をひそめ、

「あの女は、ほんとうに崎田孫兵衛さまの妹か」

「えっ、どうしてですか。私はそのように聞いていますが」

栄次郎はとぼけた。

「それが何か」

「いい。俺はこっちだ」

今川橋の手前で、菅井伝四郎は鎌倉河岸のほうに折れた。

「何かわかったら教えてください。この前の家にいます」

栄次郎は背中に声をかけたが、菅井伝四郎は振り返りもせずにさっさと歩いて行く。

小者があわててついて行く。

昌平橋を渡り、聖堂の脇を通って、本郷の屋敷に帰った。

部屋に入ったときに、ちょうど暮六つ（六時）の鐘が鳴りはじめた。いっしょについてきた女中が行灯に灯を入れた。

「兄上は？」

栄次郎は女中にきいた。

「まだでございます」

きょうは兄は非番だった。私用の外出だ。ひょっとしたら、深川かもしれないと、栄次郎は覚えず微笑んでいた。

「お食事はいかがいたしましょうか」

「兄上をお待ちする」

女中が去ったあと、栄次郎は考え込んだ。

吹矢の殺し屋は、もう光之丞を狙わないという確証があるのか。光之丞はどうして、そういう確信を得たのか。

だが、もうこれ以上、栄次郎が関わることではない。あとは、同心の菅井伝四郎の仕事だ。

そう思うと、なんだか気分も楽になった。

光三郎の妻女のおとよも元気を取り戻したようだし、これからは稽古に打ち込もう、と栄次郎は決意した。

「栄次郎。よろしいですか」

襖の外で、母の声がした。

「はい。どうぞ」

襖が開き、母は毅然とした姿でつつっと入って来て、栄次郎の前に腰を下ろした。

「お呼びくだされば、お伺いしましたのに」

「いえ。すぐに済みますから」

そう言ってから、母はふと顔つきを変え、

「きょうはともかく、最近、毎晩、遅いようですが」

と、鋭く迫るようにきいた。

「はい。会が近く、稽古が……」

曖昧に答えたが、母は気にせずに、本題に入った。

「じつは、岩井《いわい》さまからお誘いなのです」

以前は、あの御方《おかた》と呼んでいた岩井文兵衛《ぶんべえ》のことである。一橋家二代目の治済《はるさだ》の時代、一橋家の用人をしていた。今は隠居の身である。

「岩井さまとはあれ以来、お会いしておりませぬ。私のほうこそ、お会いしとうございます」

岩井文兵衛は、端唄《はうた》が好きで、栄次郎の三味線で唄うのを楽しみにしている。真実は、栄次郎の人柄を見るためのものであったのは、あとで知ったことだ。

「明後日の夜だそうです」

「わかりました」

栄次郎は、今の大御所治済が、まだ一橋家の当主であった頃に、旅芸人の胡蝶《こちよう》という娘に産ませた子であった。

治済は栄次郎を不憫と思い、一橋家の養子とした上で、子のない尾張徳川宗睦《むねちか》の養子にして、尾張家を継がせようとしたことがあった。

その件は、栄次郎が断《ことわ》って話がついている。だとすれば、気兼ねなく、岩井文兵衛に会えそうだった。

四半刻（三十分）ほどして、兄が帰って来たと女中が告げに来た。

「お帰りなさい」

玄関まで、栄次郎は迎えに出た。

「おう、栄次郎。早いな」

心なしか、兄の顔は上気しているようだった。

母は廊下で出迎えた。

「お帰りなさい」

兄は目をそむけて母に会釈をした。

兄は着替える前に、栄次郎を呼び、

「おしまが、栄次郎に会いたがっていたぞ」

「ああ、おしまさんが……」

深川仲町の遊女屋の娼妓だ。十代の頃、栄次郎は悪所にもよく出入りをしたが、その中でも一番のお気に入りがおしまだった。

取り立てて美人ではないが、気性のさっぱりした女で、栄次郎もひとつ歳上のおしまにはずいぶん世話になったものだ。

栄次郎は懐かしんだ。最近は三味線のほうに夢中で、すっかり見限りだった。

「そのうち顔を出しますと、今度会ったら言っておいてください」

「ああ、行く機会があったらな」

兄は素っ気なく言った。が、また近いうちに足を向けて行くだろうことはお見通しだった。

翌日の夜、栄次郎は薬研堀《やげんぼり》の料理屋『久もと』に行った。岩井文兵衛はここの上客だ。ここで、各藩の御留守居役や商人たちとよく会食をしている。

それも、大御所治済に報告するための情報を仕入れているのだ。

女将のあとに従い、廊下を行く。庭の石灯籠に灯が入り、幽玄な雰囲気が醸《かも》し出されている。

「お参りでございます」

座敷の前に腰をおろし、女将は声をかけてから襖を開けた。

「失礼します」

栄次郎は部屋に入った。

すると、岩井文兵衛は位置をずらし、栄次郎を上座に据えようとしたので、

「御前。私は一介の部屋住《へやずみ》の矢内栄次郎にございます。そこに座ることは出来ません」

と、固辞した。

「しかし、あなたさまは」

「お待ちください。私に関わる一切のことはすっかり忘れております。私はあくまでも矢内栄次郎」

「わかりました。しかし、御前と呼ばれては私のほうも恐縮いたします」

「いえ。父がお世話になった御方。そう呼ばせていただきます」

「うむ。困った御方だ」

岩井文兵衛は苦笑した。

以前のように、岩井文兵衛が上座に落ち着いた。

酒肴が運ばれ、女将がふたりに酌をしてから、去って行った。岩井文兵衛があらかじめ言い含めてあったようだ。

女将が座敷を出て行ったあと、岩井文兵衛が声を落とした。

「少し、おふたりだけでお話がしたいと思いましてね」

「はい」

栄次郎も頷いた。

「じつは大御所、いえ、お父上ぎみが一度、お会いしたいと申しております」

現将軍の父親である治済のことだ。

はじめて、栄次郎の出生の秘密が岩井文兵衛によって語られたときのことを思い出す。

「栄次郎さま。これまでの数々のご無礼、お許しください。ただ今、改めて栄次郎さまの出生についてお話し申し上げます」

そう言って、岩井文兵衛は栄次郎にとって、思いがけぬ話をしたのだ。

「栄次郎さまは大御所治済さまが、まだ一橋家の当主であられた頃に、旅芸人の胡蝶という娘に産ませた子であります」

胡蝶、それが栄次郎を産んだ母の名だった。

「身籠もった胡蝶は、当時ご近習番を勤められていた矢内どののお屋敷に引き取られ、そこで無事に栄次郎さまをご出産になられました。が、胡蝶という娘は、栄次郎さまを産んだあと、いずこかに去って行きました」

栄次郎は、そのまま矢内家で育てられたのだ。

「お父上ぎみもすっかりお歳を召され、気弱になったのか、最近ではしきりに栄次郎さまのことを気にしているようでございます」

自分の息子を十代将軍家治《いえはる》の養子に出し、やがて十一代将軍家斉《いえなり》が誕生すると、大御所として権勢をほしいままにした。自分の息子や孫を他の田安《たやす》家、清水《しみず》家などに養子に出して家を継がせたり、その勢いは止まることを知らないかのようだった。

だが、その権勢もここに来て衰えを見せている。その最後のあがきのように、栄次郎を尾張六十二万石の太守の座につけようと画策したのだ。

もし、望みさえすれば、栄次郎は尾張六十二万石を背負うようになっていたであろう。

栄次郎は矢内の父が、実の父親ではないことを、薄々感づきはじめていたが、岩井文兵衛から、実の父親が大御所の治済であると聞かされたとき、急に思慕の情がなくなっていった。

あまりに現実味が薄かったからだ。

さらに、栄次郎を今の一橋家当主の養子にし、それから尾張徳川宗睦《むねちか》の養子にするという話を聞くに及び、自分とは無縁の世界のことだと思うようになった。

「栄次郎さま。いかがで」

岩井文兵衛がもう一度、きいた。

「私の父は、亡き矢内の父の他にはありませぬ。それでもよろしければお会いいたしとうございます」

一瞬、岩井文兵衛は目に戸惑いの色を浮かべたが、すぐに表情を戻した。

「わかりました。では、折りを見計らい、お会い出来るように手筈を整えさせていただきます」

栄次郎は軽く頭を下げた。

では、と岩井文兵衛が表情を崩し、手を叩いた。

ふと、栄次郎の脳裏に実の母の顔が過《よぎ》った。

今は川崎宿の旅籠《はたご》屋の女将になっている母に、それとなく会って来たときのことが蘇《よみがえ》る。お互い、名乗り合わずに別れたが、母は栄次郎のことがわかったようだった。

女将が襖を開けて顔を出し、栄次郎は我に返った。

女将に続いて、芸者がふたり入って来た。三味線を抱えているのがおきん、若いほうがおるいである。

急に座は賑わった。

「何かやってくれ。賑やかなのを」

岩井文兵衛が砕けた口調で芸者に言う。

「では、『深川』でも」

年嵩《としかさ》のおきんが、三味線で前弾きをはじめると、おるいが四つ折りの手拭いを右手に持ち、左手は袖口深く構えて出て来る。おるいは丸顔の可愛い顔立ちである。

猪牙《ちょき》でセッセ、行くのは深川通い……

三味線がチンシャン、ドンツテトン、と入る。

岩井文兵衛は、気持ちよさそうに踊りに見入っている。酸いも甘いもかみ分けた渋い顔立ちに、艶がある。この座敷に芸者と客の岩井文兵衛の姿は一幅の絵にもなり得るほど、場の雰囲気に溶け込んでいる。

自分も歳をとったときにはこのような男になりたい、と栄次郎はいつも思うのだ。

踊りが終わった。すると、岩井文兵衛が、栄次郎の糸でひとつやりたいと言う。

芸者から三味線を受け取った。

「では、御前の好きなものを」

と言い、栄次郎が選んだのは、『鬢《びん》のほつれ』である。

「それでは、私が踊りを」

と言ったのは、さっきの芸者。

そのあとも二曲弾いてから、栄次郎は厠《かわや》に立った。おるいがついて来る。

猪口で二杯呑んだだけなのに、もういけない。用を足したあと、座敷に戻る途中、廊下に佇んだ。

栄次郎は胸の辺りが苦しくなった。

庭の植込みの向こうに座敷が見える。廊下が鉤《かぎ》の手に曲がっている。

「だいじょうぶでございますか」

おるいが、心配そうに顔を覗き込んだ。

「なんともない。ただ、冷たい空気を顔に受けて気持ちがいい。でも、もう行きましょうか」

そう言って、栄次郎が立ち上がったとき、植込みの向こうの座敷から出て来た浪人の姿が目に飛び込んだ。

向こうも栄次郎に気づいたようで、じっとこっちに目を向けている。

しばらく、向こうは目を離さなかった。やがて、相手は顔を戻し、廊下を歩いて行った。

会ったことがあるような……。だが、思い出せない。

だが、今の浪人の顔が瞼に焼きついていた。

「あのお侍は誰か、知っていますか」

おるいにきいた。

「いえ。知りませんが」

栄次郎を見て、ひと違いしたのかもしれない。

「あのお座敷にどなたがいるのか、わかったら教えていただけませんか」

栄次郎はこっそり頼んだ。

部屋に戻り、今度は栄次郎の糸で、岩井文兵衛は都々逸《どどいつ》を唸《うな》った。


夢に見るよじゃ、惚れよがうすい　真に惚れたら、眠られぬ

岩井文兵衛はご機嫌だった。栄次郎も時の過ぎるのを忘れそうになったが、適当な時刻を見計らい、暇《いとま》を告げた。

「御前さま。今宵はありがとうございました」

「今宵は楽しかった。また、声をかける」

「お待ちしております。では、お先に」

岩井文兵衛は駕籠で帰るので、いつものように、栄次郎は一足先に料理屋を出た。

門まで見送ってくれたおるいが、

「さっきのお座敷は瀬山光之丞さんだそうです」

と、こっそり教えてくれた。

すると、あの浪人は用心棒だったのかもしれない。

門を出て、すっかり人通りの少なくなった両国広小路から郡代屋敷の脇を通る。月は雲間に隠れ、辺りを暗くした。栄次郎は柳原通りを行く。右手には柳原の土手が続き、すぐ向こうに神田川が流れている。

その神田川に沿って西に向かい、昌平橋を渡って本郷に帰るのだ。

昼間は古着屋で賑わう辺りを過ぎたとき、誰かにつけられていることに気づいた。初夏とはいえ、夜気はひんやりする。

ふと、殺気を覚え、栄次郎は左手で鯉口を切った。地を滑る足音がした。栄次郎は右手を柄に添えた。背後に敵が迫った。夜気が揺れた。

振り向きざま腰を落とし、栄次郎は抜刀した。相手の剣を弾く。激しい音が夜陰に響いた。

敵がさっと飛び退き、正眼に構えた。黒い布で顔を覆っている。間合いを詰めてきた。栄次郎も素早く刀を鞘に戻し、居合腰になった。

相手が八相に構えを直し、斬り込んで来た。栄次郎も鞘走らせる。剣と剣がぶつかりあった。

激しく斬り結ぶ。またも、さっと後方に逃れた。が、栄次郎に刀を鞘に戻させる隙を与えずに、凄まじい勢いで打ち込んできた。

栄次郎も剣を横になぎながら踏み込んでいった。微かな手応えがあった。数歩、行き過ぎ、相手は振り向いた。

再び正眼に構えたが、相手は右腕を押さえ、いきなり踵《きびす》を返して暗闇に消えて行った。

剣尖に僅かに血糊がついていた。しかし、栄次郎の着物の袂も斬られていた。

(恐ろしい奴)

いったい何者なのか、心当たりはなかった。

だが、ふと、去年の秋のことが蘇った。

やはり、今夜と同じく、『久もと』で岩井文兵衛と会っての帰りだった。

御高祖《おこそ》頭巾の若い女に声をかけられ、

「お願いでございます。これを、明日の夕刻に木下川《きねがわ》村の正覚寺裏門で待ち合わせている羽村忠四郎《はむらただしろう》どのに渡していただけませぬか」

と、品物を預かった。それが危地への第一歩となった。(シリーズ既刊『間合い』)

今の襲撃者が、その種類の人間と同じではないかと疑う根拠に、大御所が栄次郎に会いたがっているということがある。

大御所の治済、すなわち栄次郎の実の父親は策謀家であり、栄次郎を尾張藩主にすることを諦めたはずだが、まだ何か考えを巡らせている。そのことと、あの襲撃が無関係とは言えないような気がした。

目に見えない何者かに邪魔をされる。それが定めなのか。なぜ、実父は私を自由にしておいてくれないのか。

尾張藩主に代わり、今度は何を自分に押しつけようとするのか。

大御所の子であることが、栄次郎には大きな重荷になってきた。自分は単なる三味線弾きとして生きていきたいだけなのだ。だが、それを阻むものが存在する。そのことが疎《うと》ましかった。

夜が更《ふ》け、さらに風がひんやりした。

ふと、そうではないと囁く声が聞こえた。いや、己の心の声だ。

もし、大御所が何かを策謀し、その反対派勢力の仕業だとしたら、たったひとりで栄次郎を襲うだろうか。

そんな疑問が生じたとき、さっと脳裏を過《よぎ》った顔があった。

(あの浪人……)

栄次郎は呟いた。

『久もと』の廊下で見かけた浪人だ。どこかで見かけたことがあるような気がしたものの、栄次郎は思い出せなかった。

あの浪人も、じっと栄次郎の顔を見ていたのだ。

しかし、あの浪人に狙われる理由はない。

あの座敷の主は瀬山光之丞だったというから、あの浪人は用心棒だったに違いない。お役御免に、光之丞が接待したのかもしれない。そうだとしたら、よけいに、栄次郎を襲うことは考えられない。

単なる物盗りだったのか。さまざまな疑念を抱きながら、栄次郎はいつの間にか、昌平坂から本郷通りに入っていた。

ふと、頬に冷たいものが当たった。夜空を厚い雲が覆っている。栄次郎は足を急がせた。そろそろ四つ（十時）、町木戸の閉まる刻限だった。

六

翌朝。雨の音で目を覚ました。かなりな激しい降りだった。

剣の素振りは出来ないので、栄次郎は部屋の真ん中で瞑想した。ゆうべもふとんの中で考え続けていたことだ。

朝餉のあとで、栄次郎は母の部屋に行った。

「母上。お訊ねしたいことがございます」

「なんでしょうか」

毅然とした顔つきで、栄次郎を見返す。

「岩井文兵衛さまから、何かお聞き及びのことがございますか」

「いえ。何も」

母は表情を変えずに言う。

だからといって、母が何も知らないということにはならない。母は気丈であり、何事にも動じない強さを持っている。

「栄次郎。何かあったのですか」

「いえ」

襲われたと言えば、母は心配するだろう。

「ただ、大御所さまが私に会いたいと仰《おっしゃ》られたそうです。そのことについて、何かお話があったのではないかと思いまして」

「そのことはお聞きしています。おそらく、栄次郎の評判を聞いて、一目会いたいと思われたのでありましょう」

「単に、会うということだけでしょうか」

「と、申すと？」

「また、大御所は私のことで、何かを勝手にお考えなのではないかと心配になりました」

　それが、新たな騒動の火種にならないかを気にしたのだが、このことも心配をかけるので口に出来なかった。

「いつも申しておりますが、私は矢内栄次郎であり、他の誰でもありませぬ。今さら、何かを押しつけられても困るのです」

「わかっておりますよ」

　母は笑みを浮かべた。

　自分の部屋に戻ったあと、やはり何か母に軽くいなされた感がしなくもない。いつもそうだった。

　しかし、何か大御所が画策しているようには思えなかった。

　だとすれば、ゆうべの襲撃者は大御所がらみではない。

　ゆうべの襲撃者は、『久もと』で見た浪人のような気がしてきた。だとしたら、なぜ、そんなことをするのか。

きょうは三味線の稽古日だったので、栄次郎は午後になって、雨が小止みになるのを見計らって屋敷を出た。

唐傘を差し、高下駄を履き、水たまりを避け、ぬかるみを用心しながら、湯島の坂を下り、元鳥越にやって来た。

稽古場に着くと、雨のせいか出足が遅く、栄次郎はすぐに稽古をつけてもらった。

稽古を終え、別間に下がると、新八《しんぱち》が来ていた。

相模でも指折りの大金持ちの三男坊で、江戸に浄瑠璃の勉強に来ているという触れ込みだが、じつは新八が盗人であるのを知っているのは栄次郎だけだ。

「栄次郎さん。いっしょに帰りませんか」

新八が言う。小柄ながら、引き締まった体で、動きも敏捷だ。

「わかりました。じゃあ、待っています」

新八は師匠のもとに向かった。

新八を待っている間に、大工の棟梁と近所に住むご隠居が、相次いでやって来た。

「瀬山光三郎殺しの犯人が捕まったそうですね」

大工の棟梁が言い出した。

「えっ、ほんとうですか」

栄次郎は聞きとがめた。

「ああ、私も聞いた」

と、ご隠居も言った。

「いつですか」

「ゆうべだ。同心の菅井伝四郎配下の者が踏み込んで、捕り物騒ぎで、柳橋はちょっとした騒ぎだったらしい」

「柳橋？　誰が捕まったんですか」

「浜吉という船頭です」

「浜吉？」

「それだけじゃありませんよ。杵屋光之丞の妻女までお縄に」

栄次郎は声を上げた。

おすみと浜吉の関係を調べ上げて、菅井伝四郎は捕縛に踏み切ったものと思える。

大工の棟梁とご隠居にはそれ以上のことはわからなかった。

新八が稽古を終えて、戻って来た。

大工の棟梁とご隠居に挨拶をし、栄次郎と新八は師匠の家を出た。

雨が降っているので、寿松院前にあるそば屋に入った。

小上がりの座敷に上がり、新八は酒を、栄次郎はそばを頼んだ。

「栄次郎さん。下手人が捕まったのをご存じですかえ」

「さっき、聞きました。詳しいことがわからないので、あとで同心の菅井どのにきいてみようかと思っております」

「じつは、調べてみたんですよ」

ああ、それで、新八は自分を誘ったのだと思った。

「船頭の浜吉は、先代の瀬山光之丞のときからの弟子だったそうです」

「踊りをやっていたのですか」

「もともとは芸人だったそうですが、売れずに船頭になったそうです。で、そこで、先代家元の娘と親しい仲になった。ところが、先代は浜吉を追い払い、今の光之丞を娘婿にしたってことです」

「よく調べましたね」

「なあに、銭をつかませれば誰でもべらべら喋ってくれます。古い弟子が何でも話してくれました。泣く泣く別れた娘と浜吉は最近になって再会し、焼け棒杭に火が点いた。ふたりは、密会を続けているそうです。それを、同心が探り出し、疑いの目を向けたってわけです」

「光之丞さんがいなくなれば、浜吉は堂々とあの家に入れると思い、光之丞さんを殺そうとしたというわけですか」

栄次郎は顎を右手でさすった。

そばが運ばれて来たが、栄次郎は箸をつけるのも忘れて考えた。

何か、腑に落ちない。それが何なのか、栄次郎は考えた。だが、考えあぐんだ。

それより、もっと気になることが、ゆうべの襲撃者だ。

「新八さん。お願いがあるのですが」

「栄次郎さん。なんですね。なんなりと、仰ってくださいな」

杵屋吉右衛門師匠とともに師匠の後援者に木挽町の料理屋に招かれた、その帰り。駕籠で帰る師匠と別れ、栄次郎はひとりで三十間堀川沿いを歩いていると、いきなり武士の一団に囲まれたことがあった。

屋敷に忍び込んだ賊を追っているという。ひと違いだとわかると、武士の一団は去って行ったが、そのあとで、栄次郎は紀伊国橋の下に隠れている男に声をかけた。侍に追われ、暗がりに身を潜めていた男は右脚に手傷を負っていたので、栄次郎は駕籠を探してきてやった。

それが新八だった。

酒を運んで来た、たすき掛けの娘が去ってから、

「明日、私につきあっていただけないでしょうか」

と、栄次郎は切り出した。

「構いませんが」

新八が不思議そうな顔をした。

栄次郎は事情を説明した。

「わかりました。でも、栄次郎さん。これ以上、首を突っ込んでいいんですかえ」

呆れ返ったように、新八がきく。

「新八さんの言うとおりです。このままにしておけば、何の苦労もないと思います。でも、なんだか、気が落ち着かないのです」

困っているひとがいるわけではない。助けを求めている者がいるわけではない。それなのに、栄次郎は関わろうとしている。

単なるお節介とは違う。これは自分自身の問題だった。よけいなことに首を突っ込むことはない。そう思いながらも、栄次郎はこのままに捨てて置けないのだ。

「でも、なんだか面白そうです。じゃあ、手筈を教えてください」

新八は弾んだ声で言った。


そば屋を出て、蔵前通りに出てから、浅草御門のほうに折れた。

橋の手前で、柳橋の料理屋に寄るという新八と別れ、栄次郎は小舟町に向かった。

瀬山光之丞の家では、稽古の真っ最中だった。事件が尾を引いていることはないようだった。

稽古が終わるのを、栄次郎は隅で待った。光之丞が自分で三味線を弾き、唄いながら、稽古をつけている。

ひとりの弟子の稽古が終わり、次の弟子に移る合間に光之丞がやって来た。

「なんでしょうか」

「お願いがあります。用心棒にお雇いになった浪人を紹介していただけませんか」

「それはまた、どうしてでしょうか」

光之丞は不思議そうな顔をした。

「じつは、私の兄弟弟子に相模でも指折りの大金持ちの三男坊で、江戸に浄瑠璃の勉強に来ている者がおります。その者が女のことで失敗し、ならず者に命を狙われているというのです。私がこれまでは守ってあげていたのですが、私は他に用が出来て、守ってあげることが出来ません。そこで、師匠の話を思い出したというわけです。どうか、そのご浪人の住まいを教えていただくわけにはいきませんか」

「そうですか」

光之丞は困ったような顔をした。

「私は、その御方には、無理してお願いして用心棒をしていただいたのです。ですから、お引き受けくださるかわかりませんよ」

なんとなく、光之丞の歯切れが悪い。

「お金のことなら心配いりません。なにしろ、相模では三本の指に入る分限者の倅ということですから」

栄次郎はなおも頼んだ。

「わかりました。ともかく、その御方にここにいらっしゃるように、お伝え願えますか。私がその御方をご案内申し上げます」

「お名前とお住まいを教えていただければ、私のほうからお願いに上がりますが」

「いいえ。浪人とはいえ、その御方にご迷惑がかかるといけませんので」

案外と強い口調で、光之丞が言った。

「わかりました。で、いつがよろしいでしょうか」

「明日にでも」

　浮かぬ顔つきで、光之丞は答えた。

　翌日の午後、栄次郎はお秋の家の二階で新八を待っていた。
向かいの部屋には、客が来ていて、女の激しい声が聞こえてくる。
真っ昼間から睦み合う人間がたくさんいる。そういう男女に場を提供して、お秋は
小遣い銭を稼いでいる。
　栄次郎は三味線を遠慮がちに弾く。客によっては、糸の音が聞こえてくるのは趣《おもむき》
があっていいと言う者もいるらしい。
　冗談ではない。そのために弾いているのではないと言いたいが、居候の身にはそれ
が言えない。
　先日、瀬山光之丞の妻女おすみが浜吉と密会をしていた。ふたりはもともと好き合
っていたのだ。それを先代に仲を裂かれた形になった。
　おすみは先代家元の娘だ。おすみが浜吉と謀らい、邪魔になった光之丞を、と何度
考えてみても、どこかすっきりしない。

夕方になって、新八がやって来た。

「会ってきました。本所二ツ目に住んでおりました」

「で、引き受けてくれたのですか」

「はい」

「そうですか。よく引き受けてくれましたね」

「お金ですよ」

「いくらで？」

「一日五両」

「えっ、そんなに」

「浪人の名は、清川竜之進《きよかわりゅうのしん》。歳は三十前後でしょうか。病気の妻女を抱えております。ですから、少し奮発しました」

「そうですか」

栄次郎は複雑な思いがした。

清川竜之進が用心棒の仕事を請け負ったのも、病気の妻女の薬代欲しさなのかもしれない。

「でも、五両ものお金は私にはちと」

「なあに、気にしないでください。私が用意します。どうせ、あくどく稼いでいる輩から拝借してきた金ですから」

新八は笑った。

改めて、新八が盗人であることを思い出した。

「で、右腕はどうでしたか」

「いや。気づきませんでした」

新八は少し抗議をするように、

「栄次郎さん。あっしにはあの清川さんは立派なお侍としか思えないんですがねえ」

「別に疑っているわけではないんです」

ただ、と栄次郎は気になることがあるのだと言った。

「明日の夜、お願いします」

「わかりました」

新八は苦笑しながら答えた。

翌日の夜、栄次郎は柳橋の料理屋から出て来た新八のあとをつけた。その横には、浪人がいる。

『久もと』で会った浪人だ。

新八が雇った用心棒の清川竜之進だ。

予定どおり、新八は柳原の土手から和泉橋に向かった。辺りには夜鷹の姿が見える。

新八と清川竜之進が和泉橋を渡った。これも予定どおりだ。

辺りに人影はない。栄次郎は懐から手拭いを取り出し、素早く頬かぶりをした。

新八が橋を渡り切ったのを確かめて、栄次郎は刀を抜いて走った。その足音に驚いて、新八が振り向き、悲鳴を上げる。

清川竜之進が素早く抜刀し、栄次郎の前に立ちふさがった。

無言で、栄次郎は清川竜之進に上段から斬りかかった。剣がぶつかった。清川が両手でしっかりと剣を握っている。

ぱっと離れ、それから激しく斬り結んだ。だんだん、清川の顔が歪んできた。もう一度、栄次郎が斬り込むと、清川が左手一本で応戦した。

それを確かめてから、栄次郎はいきなり神田川沿いを西に向かって駆け出した。

走りながら、刀を鞘に納め、手拭いをとった。

だいぶ離れてから、栄次郎は足を緩めた。

間違いない。あのときの襲撃者の侍だ。どういうことなのだ。なぜ、あの男は……。

そのとき、あることに気づいた。

七

翌朝、栄次郎は出仕する兄より早く屋敷を出た。

強い陽射しだ。なるたけ日陰を行くが、太陽の光をまともに受けると、焼けるようだ。

小網町の光三郎の家に近づいた頃には、首のまわりは汗が滲んでいた。

格子戸を開け、中に呼びかけた。

やがて、光三郎の妻女のおとよが出て来た。

「矢内栄次郎と申します。舞台に地方として出ていた杵屋吉栄です」

「ああ、その節は……」

おとよは、やっと思い出したようだった。

「近くまで来たので、ちょっとお線香を上げさせていただきたいと思いまして」

「それは、ありがとうございます。さあ、どうぞ」

腰から刀を外し、栄次郎は座敷に上がった。

仏壇の前に座り、線香を手向け、手を合わせる。光三郎の位牌と並んで、もうひとつの位牌があった。姉のおつやのものだろう。

やがて、合掌の手を外し、栄次郎はおとよに振り返った。

「光三郎さんも志半ばで不幸な目に遭い、さぞ無念でしたでしょうね。なにしろ、光之丞さんの代役が十分にこなせるほどだったのですからね」

「はい。いつか、代役でなく、自分が主役を張りたいと頑張っておりました」

「まだ、若かったのですから、惜しいことをしました」

「でも、これも運命だと思います」

自分自身に言い聞かせるような言い方だった。

「こちらは、姉のおつやさんですね」

「はい」

おとよは悲しげに目を伏せた。

「おつやさんはなぜ、お亡くなりに？　自ら命を断たれたとお伺いいたしましたが」

「わかりません」

「好きなひとがいたのではないですか」

「そうかもしれません」

「ひょっとして、心当たりが？」

「証拠がありませんから」

おとよは、姉の相手の男を知っている。そう思った。

「光之丞さんを殺すように依頼されたとして、浜吉という船頭がお縄になったことをご存じですか」

「いえ、それはほんとうですか」

おとよの目が鈍く光った。

「はい。いっしょに、おすみさんも捕まりました。浜吉はおすみさんと昔から好き合っていた男だそうで、今までふたりは密会を繰り返していたそうです」

暑いのに、おとよは襟元をかきあわせる仕種をした。

「もちろん、浜吉は無実を訴えているようですが、なかなか真実をわかってもらうことは難しいようです」

栄次郎が言うと、おとよは嘆くように深いため息をついた。

「信じられません」

「それでは私はこれで」

栄次郎は会釈をして立ち上がった。

それから、栄次郎は思案橋を渡り、小舟町の瀬山光之丞の家に行った。

稽古場も閉まり、ひっそりとしていた。おすみが町方に連れて行かれた家は廃墟のようだ。戸が閉まり、留守番の者もいなかった。

そこに、町方の者が通りかかった。呼び止めて訊ねると、光之丞は深川の家に行っているという。

栄次郎は永代橋を渡り、さらに油堀を越えて、堀川町にやって来た。

黒板塀の小粋な感じの家の前に立ち、格子戸を開けて中に呼びかけた。

妾のお久が出て来た。

「光之丞師匠はいらっしゃいますか」

その声が聞こえたのか、光之丞が顔を出した。

やや頬がこけ、目の下に隈が出来ている。眠れなかったのかもしれない。

「どうぞ」

声に力がない。

居間に招じられた。

「おかみさんがたいへんなことになりましたね」

栄次郎が言うと、光之丞は苦しげに首を振り、

「おすみはそんなことの出来る女じゃありません」

と、胸に詰まったものを吐き出すように続けた。

「確かに、私とは見せかけだけの夫婦です。でも……」

あとの言葉を言い澱んだ。

妾は奥に引っ込んで出て来なかった。

「私も、おかみさんがそんなことをしたとは思っていません。おかみさんを助けるためにも、少しお伺いしたいのですが」

栄次郎が畏《かしこ》まった声で言う。

「あの舞台で、光之丞師匠に何かあったら、光三郎さんが代役を務めることは、最初から決まっていたのですね」

「はい。さようでございます。それが何か」

「いつも、そういう心構えをしておられるのですか」

「はい。万が一のことがあってはと用心をし、常に、光三郎に代役が出来るようにしてもらっていました」

「あの日、光三郎さんが代役を務めたことを、どの程度のひとがご存じだったのです

か」

　光之丞は眉を寄せて、

「栄次郎さん。そのことが何か」

　と、きいた。

「もし、下手人が代役を務めていることを知っていたら……」

　光之丞の喉仏が大きく動いた。生唾を呑み込んだようだ。

「私を狙ったのではなく、光三郎を狙ったと？」

　光之丞の声が震えを帯びた。

「そうです。あれは、光之丞師匠を狙ったのではなく、はじめから狙いは光三郎さんにあったのではないでしょうか」

「光三郎はひとから恨まれるような男ではありませぬ。これは誰にきいていただいても同じ言葉が返ってくると思います。あれほど、出来た者はおりませぬ」

　光之丞はむきになって言う。

「私は不審に思っていたことがあるのです。なぜ、下手人は大勢の観客が見ている舞台で殺しを実行したのか」

　去年の『若狭屋』藤次郎殺しは、帰宅する途中の暗がりの中で行われたのだ。今回は、逆に大勢のひとの目の前だ。

光之丞を殺すのなら、まさに機会はいつでもあったはず。そのことを言うと、光之丞の唇とこめかみが微かに痙攣した。

「しかし、光三郎に恨みを持つ者などおりませぬ」

栄次郎の脳裏に市村座の舞台が蘇った。『汐汲』を踊っている瀬山光三郎。

『汐汲』は在原業平に恋をした松風と村雨を題材にしたものだ。姉妹で、同じ男に思いを寄せ、男も姉妹ふたりを同時に好きになった。

「光三郎さんのご妻女おとよさんの姉のおつやさんが、自ら命を断たれたとお聞きしました」

光之丞は暗い顔で俯いた。

「はい。何があったのか、わかりません」

「おつやさんには思うひとがいたのではないでしょうか」

「さあ……」

栄次郎は光之丞の怯えの色の浮かんだ目を見つめ、

「『汐汲』ではありませんか」

「えっ?」

「在原業平と松風村雨姉妹のことです」

光之丞が訝しげに眉を寄せた。

「おつやさんもおとよさんも光三郎と深い仲になった。おつやさんはそのことを苦に自ら命を断ったとは考えられませんか」

「いや」

「おとよさんはそのことを知ったのです。姉を弄びながら、自分と所帯を持った男が許せなかった。だが、いきなり光三郎を殺すと、自分に疑いがかかる」

光之丞の体が揺れ、片手を畳についた。

「おとよさんは、何らかの手段を講じ、光三郎さんが代役に立てるように画策した。そういう解釈は出来ませんか」

「そんなばかな」

光之丞は、呆然と呟いた。


栄次郎が、光之丞の家から黒船町のお秋の家に行ったのは昼過ぎだった。

二階の座敷に、新八が待っていた。

「すみません。勝手にお待ちしておりました」

「だいぶ、お待ちいただいたようですね」

栄次郎が向かいに腰を下ろすなり、新八がきいた。

「清川竜之進はいかがでしたか」

「間違いありません。私を襲った浪人です。あの剣の筋。それに右手を庇《かば》っているのは傷を負っているからに違いありません」

栄次郎は言い切った。

「そうですか」

新八は落胆したように言う。

「清川竜之進どのは何か仰っていましたか」

「いえ、何も。よぶんな口をきかない御方のようですから」

「では、用心棒の件は終わりに？」

「いえ。何かあったら、お願いすることにしました。というのも、あの清川さんは妻女の薬代に窮しているようですので、少しでもお役に立てたらと。私も、なんだか栄次郎さんのお節介病が移ってきたようです」

栄次郎は苦笑したが、心は晴れなかった。

「こちらでございます」

お秋の声だ。客を案内してきたのだ。

新八が小声で言う。

「商売、繁盛のようですね」

しばらくして、この部屋の障子を開けて、お秋が入って来た。

「お客さんが入りましたから」

「お客も、ここなら安心ですからね」

新八が感心して言う。

お秋が出て行ってから、新八が改まって、

「で、何かわかりましたか」

「わかったように思います」

「すると下手人は？」

「この殺しは、最初から光三郎さんが標的だったのだと思います」

「でも、光之丞が狙われていたのではありませんか」

新八は驚いたようで、忙しく瞬きをした。

「そう見せかけて、光三郎を殺すのが目的だったのです。だから、舞台の上で」

栄次郎の説明を、新八は厳しい顔で聞いた。

「これから、どうするんですね」

「まだ、わからないことがあります。吹矢の殺し屋のことと、清川竜之進のことです。思い切って、清川竜之進に会ってみようと思います」

「そうですか。では、ご案内しましょう」

「いえ、私ひとりで」

栄次郎は言った。


新八といっしょにお秋の家を出て、両国広小路まで新八といっしょし、栄次郎は両国橋を渡った。

その頃、だいぶ陽も傾き出していた。

両国橋は往来が多い。長い橋を渡り切ると、橋の西詰めにも負けず劣らずの賑わいで、見世物小屋や野天商人がたくさん出ていた。

竪川沿いに出て、二ノ橋を渡り、彌勒《みろく》寺の前までやって来た。その裏手に、目指す長屋があった。

長屋木戸をくぐり、路地を入った。

魚を焼いている女房に、清川竜之進の住まいをきいた。そろそろ亭主の帰って来る頃だ。貧しくとも安らぎの暮らしぶりが感じられた。

清川竜之進の家の前に立ち、建てつけが悪い戸障子を開け、中に声をかけた。

はい、というか細い声が聞こえた。

栄次郎は土間に入った。薄暗い中で、女が起き上がり、羽織を肩にかけた。

「すみません。おやすみなのに起こしてしまい」

「いえ」

窶《やつ》れた顔に微かに笑みを浮かべた。

「私は矢内栄次郎と申します。清川どのはお出かけですか」

「はい。もうそろそろ帰って来ると存じますが」

「では、また出直します」

ふと、思い出したように、栄次郎はきいた。

「瀬山光之丞さんをご存じでいらっしゃいますか」

「いえ」

「そうですか。では、失礼します」

外に出てから、さっきの魚を焼いている色の浅黒い女房に、妻女の病気についてきいてみた。

「だいぶ、よくなってきたそうです。心の臓が弱っていると聞いてますよ」

栄次郎は安心した。

しばらく木戸の傍で待ったが、帰って来る気配はなかった。大工や大道易者が帰って来た。長屋が活気に満ちてきた。

辺りが暗くなり、暮六つ（六時）の鐘が鳴りはじめても、まだ、清川竜之進が帰って来る気配はなかった。

明日にしようと、栄次郎は引き上げることにした。

両国橋に戻って来た。橋番屋の裏手に女の姿がちらほら見えた。夜鷹だ。ここで化粧をして、稼ぎ場所に出かけて行くようだ。

栄次郎は橋を渡り、広小路を突っ切って、柳原通りに出た。栄次郎はわざとつけて来る者に気づいていた。清川竜之進かもしれないと思った。

暗い場所に入った。

和泉橋を渡った。月の光が皓々《こうこう》と射していて、尾行者からも栄次郎の姿はよくわかるはずだ。

橋の真ん中ほどで、風を切る音を聞いた。栄次郎はとっさに鯉口を切り、右手を柄《つか》に当てた。

振り向きざまに抜刀し、空気を裂いて飛んで来たものを弾き落とした。さらに、もうひとつ。吹矢だ。

吹矢の攻撃がやんだ。

栄次郎は刀を鞘に納め、矢の飛んで来た方角を見た。土手下の暗がりに、黒い影を見つけた。

栄次郎は橋を戻り、その男を追いかけたが、すでに男は土手の上に出て暗闇に消えて行った。

だが、その男のあとをつけて行った男に気づいた。新八だ。

八

その夜、ふとんに入ってまどろんだところ、足下にひとの気配を感じて、栄次郎は跳ね起きた。

「新八さんか」

有明行灯の灯の届かない部屋の隅に、黒装束の新八が畏まっていた。顔は見えないが、栄次郎には新八であることがわかった。

「すみません。勝手に入って来てしまって」

「いや。それにしてもたいしたもんだ。ちっとも気づかなかった」

これでは、どこの屋敷にも自由に出入り出来るはずだと、栄次郎は改めて感心した。

「きょうはずっと私のあとをつけていたのか」

「いえ。清川さんのあとをです。栄次郎さんの姿に気づいて、清川さんは長屋に戻らず、両国橋まで行き、その袂で栄次郎さんが引き上げて来るのを待っていました」

「なるほど。そうでしたか」

栄次郎が両国橋にやって来ると、清川竜之進は栄次郎のあとをつけたのだ。そのあとを、新八がつけていたことになる。

「すると、吹矢を放ったのは清川竜之進ですね」

「そうです。栄次郎さんが和泉橋を渡ると、すぐ水際に下り、吹矢を取り出しました」

「清川さんが殺し屋だったのですか」

「遊び人ふうの姿になって、市村座の平土間に入ったのでしょう。殺しを終えたあとは、瀬山光之丞の用心棒を装ったのでしょう」

新八はやりきれない顔をした。

「じゃあ、私はこれで」

ふいに、新八は緊張した声を出した。

「ありがとう、新八さん」

栄次郎が礼を言ったとき、ふと新八は鴨居に手をかけて、鮮やかに天井裏に消えた。

天井板が閉められたとき、襖が開いた。

「栄次郎。どうした?」

兄が覗いた。

「何か」

栄次郎はとぼけた。

「厠に起きたら、話し声が聞こえた。こんな夜中に何があったのかと驚いたのだ」

「それは申し訳ありませんでした。じつは、考え事をしていて、つい勝手に言葉が衝いて出てしまったのです」

兄は部屋に入り、襖を閉めた。

「栄次郎に似合わないな。いったい、何があったのだ」

おぬしは悩みなどまったく無縁だと、いつも兄から呆れ返られている。だから、兄には不思議に思えたのかもしれない。

栄次郎に悩みがないことはない。ただ、くよくよしても仕方がないと思うのと、ちょっとした悩みなど、一晩眠れば忘れてしまうのだ。

こせこせせず、なんでも鷹揚なのは栄次郎の生来の性分で、父と母がおおらかに育ててくれたからだろう。

だが、今は事件の始末に頭を悩ませているのだ。

特に、気がかりなのは清川竜之進の病気の妻女だ。おそらく、清川竜之進は薬代欲しさに殺しを引き受けたのだろう。

清川竜之進がお縄になれば、妻女も生きていけない。そのことを考えると、胸が痛む。

「兄上。罪を犯した者の妻女が病に臥せっております。その妻女のことを考えると、その者を捕らえていいのか……」

「栄次郎らしくもない」

兄は毅然とした顔で言う。

「罪を犯した者が罪を償うのは当然だ。その妻女のことは、周囲が看病出来なければ、小石川養生所に入れるように計らってやったらどうだ」

「小石川養生所ですか」

栄次郎は体に生気が蘇るのを感じた。

「兄上。ありがとうございます。さすが、兄上です」

「いや、なに」

兄は気難しい顔で照れた。

「これで、安心してやすめます」

「そうか。では」

兄は立ち上がり、部屋を出て行った。

妻女はだいぶよくなってきたという。小石川養生所に入れば……。暗がりにぽつんと光が見えた気がした。

小石川養生所は町奉行所の支配だ。そうだ、お秋の旦那の崎田孫兵衛に頼んでみよう。

ようやく、栄次郎は心が落ち着いた。

翌日の午後、栄次郎がお秋の家に行くと、瀬山光之丞の言伝《ことづ》てが待っていた。

「土手で待っているそうです」

「土手で？　わかりました。ちょっと行って来ます」

栄次郎は土間を飛び出した。

厚い雲が上空を覆っていて、風の強い日だった。

川辺に、光之丞の姿が見えた。栄次郎の気配に気づいたのか、光之丞が振り向いた。

軽く会釈をし、光之丞は栄次郎を待ってから、

「元鳥越の杵屋吉右衛門さんを訪れ、お秋さんの家を教えていただきました」

と、説明した。

光之丞の細めた目の奥に鈍い光が見えた。

「あれから迷っていましたが、もうお話しすべきかと、思いまして」

「お伺いしましょう」

栄次郎が言うと、光之丞は川に目を向けた。

「光三郎に代役を頼んだ日のことですが、じつは、あの日の朝、私は楽屋に来ていたおとよさんから気つけ薬だといって、飲まされたのです。ずいぶん苦いものだと感じたのですが、それからしばらくして熱が出て、寒気がしだしたのです」

「つまり、光三郎さんに代役をやらせるために、おとよさんはそんな細工をしたということですか」

光之丞は苦しげな表情で、

「わかりません。ただ、そういう事実を……」

「おとよさんが吹矢の殺し屋を雇い、光三郎さんに代役が来るように仕組んだという
ことになりますね」

「さあ、私は何と答えてよいのか」

「違います。おとよさんはそんな真似をしていませんよ」

風が強く、波が高い。船の数も少ないようだ。厩《うまや》の渡しの船も走っていない。そん
な中でも、荷足船《にたりぶね》が下って行く。

その船を見送りながら、栄次郎はきっぱりと言った。

「残念です。ほんとうのことを話していただけると思っていたので」

「どういうことですか」

光之丞が、不審の色を目に浮かべた。

「おとよさんが光三郎さんを殺すはずはありません。第一、光三郎さんが姉のおつや
さんと深い仲だったという証拠はありません」

「しかし、『汐汲』のたとえを出したではありませんか」

「あれは、私が勝手に話したのです。あなたの反応を確かめるために」

光之丞の顔が強張った。

「おすみさんだけでなく、今度はおとよさんにまで濡れ衣が着せられる。そういう事態になれば、あなたがほんとうのことを打ち明けてくれる。そう思ったからです。光之丞さん、ゆうべ、私を吹矢で狙った者がおります。その者は、あなたの用心棒の清川竜之進だとわかっています」

「えっ」

光之丞はのけ反るように体を後ろに引いた。

「すべて、あなたの計画だったのではないですか」

「何を言うのです。私には光三郎を殺す動機なんてありません」

「自殺したおつやさんの相手はあなただったのではありませんか。そのことに光三郎さんは気づいていた」

よろけるように、光之丞は草を踏みつけ川辺に向かった。

波打ち際に波が打ち寄せている。

「光之丞さん」

栄次郎は背中に声をかけた。

「自首してください。あなたが自首をして、ご妻女を助けてあげるのです。それが、あなたに最後に出来ることではありませんか」

しかし、光之丞は黙っていた。だが、肩が微かに上下に動いているのがわかった。

やがて、ぽつりと光之丞は口を開いた。

「私が婿になる以前から、おすみには浜吉という言い交わした男がいたのですよ。それを先代が強引に別れさせ、私を婿にしたのです。先代には、流派を守っていく人間のほうが大事だったのです。でも、私たち夫婦がうまくいくはずはありません。子は生まれたものの、妻とは心が通い合うことはなく、私は芸者をしていたおつやといい仲になりました。誰にも内緒のつきあいでしたが……ね」

光之丞は息継ぎをした。

「おつやが自害した理由はわかりません。ただ、そのことで、光三郎は私を威《おど》しました。おつやを死に追いやったのは、私だと世間に訴える。それがいやなら、次の家元を自分に譲れと」

「光三郎さんが、そんなことを？」

「意外でもなんでもありません。周囲には好人物ぶっていますが、あの男の本性は下劣でした。それは踊りにも出ています。確かに、光三郎は私に似た踊りをします。でも、どこかに卑しさが出ているのです。その卑しさに気づいているのはほとんどおりません」

光之丞の声が震えを帯びた。

「ゆくゆくは子どもに家元を継がせるつもりでしたが、私亡きあと、光三郎にいいようにされてしまう。だから、光三郎を……」

涙声になるのを堪《こら》え、光之丞は言った。

「私は光三郎がおつやを手込めにしたのではないかと思っています。そのために、おつやは……」

拳を握りしめ、光之丞は目を閉じ、何かと闘っているようだった。

光之丞が落ち着くのを待ってから、

「清川竜之進とは、どうやって知り合ったのですか」

「ある者の紹介です。その者の名は言えません」

「その者とは、『若狭屋』の藤太郎殺しを依頼した者ですね」

光之丞は黙っていたが、否定はしなかった。

光之丞の妾のお久ではないかと思ったのは、お久こそ『若狭屋』の藤太郎とつきあっていた女ではなかったかと考えたからだが、栄次郎はあえてそれ以上は踏み込まなかった。清川竜之進の口から知れるかもしれないが、なぜか、そっとしておいてやりたいという気がしたのだ。

「栄次郎さん」

土手の上に、新八が現れた。珍しく血相を変えている。

草むらを駆け降りて、光之丞を一瞥してから、

「たいへんだ。清川竜之進が死んだ」

「えっ、ほんとうですか」

叫んだのは、光之丞だった。

「ご妻女は?」

栄次郎はきいた。

「ゆうべ、急に発作が起きてお亡くなりになったそうです。ご妻女の顔に白い布がかかり、枕元には線香が手向けられており、その傍で清川竜之進が腹を切って死んでいたってことです。病死したご妻女のあとを追ったように思います」

「ばかな」

せっかく小石川養生所に入れるように骨を折ろうと考えていたのだと、栄次郎は天を仰いだ。


両国の川開きを間近に控えた五月二十日。

早朝に小伝馬町の牢屋敷を出た引廻しの一行は、京橋、芝口から高輪の大木戸まで行って引き返し、溜池や赤坂を経て市ヶ谷御門、さらに進んで湯島の切通し、池之端仲町から下谷広小路に出て、上野山下から稲荷町を経て、浅草雷門前、花川戸、そして今戸で引き返し、蔵前通りをやって来た。

六尺棒を担いだふたりの非人が先導し、続いて、罪人の名前と罪状を書いた捨札という木札を持った非人。さらに、突棒《つくぼう》、刺股《さすまた》などの捕り物道具を持った非人が続き、いよいよ、口取りに引かれて、罪人の瀬山光之丞を乗せた馬がやって来た。罪人の乗った馬のあとに、騎馬で陣笠、陣羽織、袴姿の検使与力ふたりに警護の同心たちが続いた。

栄次郎は沿道の見物人に混じって光之丞を待った。

光之丞が自首をし、おすみと浜吉はお解き放ちになった。瀬山流の家元の犯した事件であり、瀬山流の存亡も危ぶまれたが、お秋の旦那の崎田孫兵衛の尽力で、三世家元を十歳の竹蔵が継ぐことが出来た。

おすみと浜吉、そして竹蔵もきっとどこかから光之丞を見送ったことだろう。

やがて、裸馬に乗せられた光之丞がやって来た。栄次郎と目が合った。光之丞と黙礼を交わした。

引廻しの一行が蔵前通りを去り、見物人も四方に散って行った。その残された中に、妾のお久を見つけた。夕陽が涙に濡れた顔を照らしている。

第二話　栄次郎の恋

一

川の上流と下流で、同時に花火が上がった。屋根の上から長い棹を使っていた屋形船の船頭も手を休めて夜空を見上げた。大輪の花が二つ並んで開くと、辺りはぱっと明るくなる。見物人の間から、またも歓声が上がり、玉屋、鍵屋の声がかかる。

上流を両国広小路の玉屋が、下流を横山町の鍵屋が受け持っている。

きょうは五月二十八日、両国の川開きだ。この日から八月二十八日までの三ヶ月間が川開きの期間で、花火が打ち上げられる。

大川の西岸に並ぶ料理屋の灯籠と、軒に吊るした提灯の灯は限りなく続いている。

川には屋形船、屋根船、そして猪牙舟などが数百艘も川を埋め尽くすほどに出ていて、神田川やその他の川筋からもまだ船が漕ぎ出して来る。

どの船宿の船も数日前から売り切れだ。その無数の涼み船の間を、果物や煮物を売り歩く船が縫って行く。その他にも、声色や、義太夫語りなどの芸人が乗った船も、涼み船の客を目当てに川に出ているのだ。

矢内栄次郎もまた、手拭いを吉原かぶりにし白地に縦縞の単衣で、三味線を抱えて新内語りの音吉《おときち》とともに猪牙舟に乗っていた。

音吉の本手に、栄次郎の上調子。やるせない旋律が川面に響き、これまでにも幾つかの船から声がかかった。

「船頭さん。もう少し、上手《かみて》にやってもらいましょうか」

音吉が若い船頭に声をかけた。

へいと、威勢のいい声が返り、見物人で埋まった両国橋の橋杙の間を通って、船は上流に向かった。

とにかく船の数が多い。芸者を乗せた船からは三味線や太鼓の音が派手に聞こえる。そんな船からも声がかかる。

いくら芸達者の芸者が乗っていても、新内は別だ。そういった船から声がかかることもある。

新内の前弾きを弾きながら船は少しずつ両国橋から離れて行く。その間にも、夜空には大輪の花が咲いている。

「新内屋さん」

少し鼻にかかった声で、うりざね顔の女が屋根船のほうから手を振っている。

「へい、今、そちらに」

音吉がよく響く声で応じた。

栄次郎は浄瑠璃語りで、長唄の杵屋吉右衛門の弟子である。だが、ふとした縁で知り合った新内語りの春蝶《しゅんちょう》から新内の手ほどきを受けていた。

といっても、有名な曲の一部を教わっただけで、本職からみたら、小僧っ子程度だ。

だが、それでも、ときたま、春蝶の弟子だった音吉の手伝いをしている。

今宵、隅田川に繰り出したのは、相方《あいかた》が急病で困っていた音吉に頼まれたからである。形だけでもいいからという音吉の懇願を断りきれなかったのだ。

船の客は大店《おおだな》の主人ふうの男が四人に芸者がふたりだった。

「旦那。何かご所望でも」

音吉が尋ねる。

「お任せするわ」

さっきの声をかけた芸者が、ほろ酔いぎみに言う。

「では、『蘭蝶』をやらせていただきます」

有名な曲なら無難であり、栄次郎が出来るものだからだ。もっとも、『蘭蝶』の中で、『お宮くぜつ』のクドキの箇所だけである。

音吉は客の注文を受けるふりをして、栄次郎の弾けるものに持っていくのだ。

目配せで合図をし、音吉の本手に、栄次郎は枷をはめて上調子で追いかける。

言わねばいとどせきかかる
胸の涙のやるかたなさ
縁でこそあれ末かけて
約束かため身をかため……

音吉が春蝶譲りのかんのきいた声をきかせて語り終え、そのあとも、音吉が幾つか語った。

音吉は三十二歳の痩せぎすの男だ。顔は小さく、目も小さい。だが、鼻の穴と口が大きい。

「ごくろうさん」

年増の艶っぽい芸者から祝儀をもらって、船が次の客を求めてさらに上流に向かった。そして、幾つかの船に呼び止められては新内を語り、気がついたときには船は吾妻橋をくぐり、花川戸の料理屋の提灯が間近な場所に来ていた。

さすがにこの付近になると、船は少なくなる。花火を楽しむというより、しんみり語り合う客が多いようだ。

大きく迂回をし、再び下ろうとしたとき、三囲《みめぐり》神社の葦の繁みの近くに、ぽつんと屋根船が見えた。

提灯の灯が大きく揺れたかと思うと、女の声が聞こえた。

「悲鳴のようですね」

音吉も聞いたようだ。

突然、その提灯の明かりが消えた。真っ暗になった船が、花火の光で浮かび上がった。障子にふたりの影が見えた。

「音吉さん。あの船、様子がおかしい」

栄次郎の目には、ひとつの影がもうひとつの小さな影に覆いかぶさっていくように思えた。

舳先に武士が、艫に船頭がいるが、ともに素知らぬ顔でいる。

「船頭さん。あの船につけてくれないか」

栄次郎が、黙って見過ごしに出来ない質だと知っていて、音吉が緊張した声で言った。

巧みに櫓を操り、船頭は船の向きを変えた。

屋根船の舳先にいた武士が、栄次郎の乗った船に気づき、

「なんだおまえらは。邪魔だ、離れろ」

と、怒鳴った。

えらの張った顔だ。二十五前後か。

「新内流しでございます」

栄次郎は声をかけた。

「そんなものいらん。邪魔だ。離れろ」

少し酔っているのかもしれない。

そのとき、「やめてください」という女の叫び声が聞こえた。

栄次郎はすでに三味線を置き、舳先に立っていた。

「きさま、引き返さんと」

武士が抜刀した。

船を横づけすると、栄次郎は屋根船の船端に飛び移った。船が大きく傾き、船頭があわてて棹で支える。

武士はよろけて倒れた。栄次郎はその武士を無視して、船床に押し入った。

細身の武士が逃げる娘の肩に手をかけていた。

「おやめなさい」

栄次郎は一喝した。

「何奴だ。無礼ではないか、他人の船に勝手に乗り込んで」

侍は甲高く叫んだ。

「お侍さま。この娘さんはいやがっているようじゃございませんか」

栄次郎は穏やかに言う。

「無礼者。許さぬぞ」

武士は娘の体から手を離し、後ろに置いてあった刀を摑んだ。

栄次郎は素早く、娘を背後にかばった。

「そんな物騒なものはしまいなさい」

栄次郎は身構えた。

「ほざくな」

刀を抜こうとした寸前に、栄次郎は足元の膳を相手に向かって蹴った。

背後には、舳先にいた武士が刀を構えてやって来ていた。その男が抜き身を突き出してきたのを横に飛んで身をかわすと、相手の手首を摑んでひねった。

うっと、うめいて相手は膝をついて刀を落とした。

細身の男が刀を構えていたが、狭い船内では刀を振りまわせない。苦し紛れに突いてきたのを、栄次郎はあっさりかわし、手刀で相手の手首を打ちつけた。

刀を落とし、細身の男は後退った。

「この女子は預かっていきます」

そう言い、栄次郎は娘の手をとり、音吉の手を借りて、横づけされている猪牙舟に移した。

それから、栄次郎も乗り移る。

すぐに船頭は船を離れた。ふたりの武士は呆気に取られたように呆然と見送っている。

他の船に紛れ込むように川の真ん中に出て、吾妻橋をくぐる。

「もう、心配ないでしょう」

栄次郎は離れて行く船を見ながら言った。追って来る気配はなかった。

「ありがとうございました」

落ち着いてきたのか、娘が低頭してから顔を上げた。

「いや。よけいな真似をしたのでなければよいのですが」

眩しそうに娘を見ながら言う。

色白で、きりりとした顔立ち。形のよい三日月眉に黒い瞳が、優雅な雰囲気を醸し出している。だが、あんな騒ぎがあったにしては、落ち着いた顔つきだ。

「いつもよけいなお節介を焼いていると、自分でも呆れ返っているんです」

栄次郎は音吉をちらりと見た。音吉が苦笑した。

「いいえ、助かりました。まさか、あのような振る舞いに及んでこようとは思いませんでしたもの」

案外と、明るい声で答えた。

「誰なのですか。あの侍は？」

「あの御方は……」

娘は言い澱んだ。

「申し訳ありませぬ。下劣な男なれど、あの方とて面子もございましょう。お名前のほどはお許しを」

気持ちよいほど、きっぱりと言う。

「いや。あなたの言うとおりです。きいたほうがいけなかった」

栄次郎は素直に謝った。

「いえ。とんでもありませぬ。私は、旗本湯浅由影《ゆあさよしかげ》の娘で、萩絵《はぎえ》と申します」

「萩絵どのですか。私は栄次郎です」

「あの……」

萩絵は音吉にちらっと目をやってから、

「栄次郎さまは芸人でいらっしゃいますか」

と、怪訝そうにきいた。

「まあ、そんなところです。私は、ここにいる新内語りの音吉さんの手伝いで、きょうは新内流しに出たのです」

「新内流し」

萩絵は改めて三味線に目を向けた。

「涼みに出ている船の御方に聞いていただくんです。商売です」

横から、音吉が眩しそうに萩絵を見て答える。

前方の夜空がぱっと光った。

「まあ、きれい」

萩絵が喚声を上げた。

危うい目に遭ったことなど、まったく意に介さずに、無邪気に花火を喜んでいる。

「音吉さん。すまないが、萩絵どのをお送りしたいのですが」

栄次郎が言うと、萩絵はあわてて、

「それでは、ご商売に差し障りましょう。よろしかったら、私に気兼ねなく、商売をお進めください」

「いや。今夜はもう客がつきそうにもありません。船頭さん、引き返しておくれ」

気をきかせて、音吉が声をかけた。

「そうですね。では、我々も引き上げましょう」

栄次郎も明るく応じる。

「もう、五つ半（九時）になります。ここらが潮時ですよ」

「すみません。私のために」

萩絵が申し訳なさそうに言う。

柳橋の船宿『佐倉屋』に、女中が待っているという。

さっきの不届き者の侍とそこで待ち合わせ、船に乗ったのだ。そこの船宿まで女中が付き添って来た。

「それにしても、よくあのような者の誘いに乗りましたね。よほど、断れない義理でもおありだったのですか」

両国橋に向かう船の中で、栄次郎はきいた。

「あの男は……」

一瞬、言葉に詰まってから、萩絵は続けた。

「許嫁《いいなずけ》なのです」

栄次郎は口を半開きにしたまま、すぐに声にならなかった。冷水を浴びたように、体が冷えるのがわかった。

「よけいな真似をしてしまったようですね」

栄次郎は申し訳なさそうに言った。

「いえ。許嫁と言っても、親が決めただけ。私にはまったくその気がないんです。ですから、助かりました」

萩絵は笑いながら言う。

船は下り、両国橋の手前で神田川に入った。橋には大勢のひとがいた。

船宿『佐倉屋』の桟橋に船が着き、先に下りた栄次郎は萩絵の手をとって岸に導いた。萩絵は裾をつまみ、勢いよく岸に上がった。弾みで、栄次郎の胸に倒れかかった。栄次郎は受け止めた。甘い匂いが鼻腔を刺激した。

「ごめんなさい」

萩絵は恥じらうように言う。

見掛けと違い、だいぶお転婆な娘なのかもしれないと思った。それが、栄次郎には好ましかった。

船宿の土間から女中ふうの女が飛んで来た。

「まあ、萩絵さま」

女中は駆け寄ってから、栄次郎に軽く会釈をし、

「片山《かたやま》さまは？」

と、萩絵にきいた。

「ちょっと、わけがあって、この御方に助けていただきました。おまえからも、よくお礼を申し上げて」

萩絵が言うと、女中は戸惑いぎみに、

「何があったのか存じませんが、ありがとうございます」

と、丁寧に頭を下げた。

「いえ。どうぞ、お気をつけて」

栄次郎が船に戻ろうとすると、

「栄次郎さまのお住まいは？」

と、萩絵がきいた。

「黒船町です」

そう答えてから、栄次郎は音吉の待つ船に乗り込んだ。

萩絵には、ああは言ったものの、この賑わいは夜通しで、まだまだ商売になると、大川に繰り出して行った。

その夜、栄次郎が屋敷に帰ったときは暦が変わっていた。

二

栄次郎は夜中に目を覚ました。

夢を見ていた。美しい娘とふたりで船に揺られていた。花火がはるかかなたで光っている。栄次郎の船の周囲はただ広々とした水面だ。

娘は萩絵のようだった。萩絵とふたりきりで、船を浮かべていたのだ。

締めつけられるような切ないものが胸に広がった。これはなんだろうか。かつてないことだった。

萩絵は船縁から手を伸ばし、川の水をすくっては、楽しそうな笑みを見せていた。

栄次郎はなんとも言えぬ穏やかな気持ちになっていた。

ああ、なんて気持ちがいい夜なのだろうと、遠くの花火に目をやったとき、ふいに暗がりから一艘の船が近づいて来て、萩絵を攫《さら》って行った。

行かないでくれ、萩絵どの、と叫んでいて目が醒めた。

ゆうべは真夜中に帰り、なかなか寝つかれず、いつの間にか眠ったかと思ったら、夢で起こされた。

あまり眠っていないのに、目が冴えてきた。なぜ、こうも女子ひとりのことで、心が乱れ、息苦しくなるのだろう。

栄次郎とて女を知らないわけではない。二十歳前後の頃には、深川仲町の娼妓のおしまのところに通い詰めたものだ。

ひとつ歳上のおしまから、いろいろなことを教わった。もちろん、おしま以外にも遊んだ相手はいる。吉原にも行ったことがある。

また、町娘からも熱い視線を送られたことはあった。だが、これまで一度もこのような苦しい感情を抱くことはなかった。

いや、萩絵に対しても最初はそうだった。美しい娘だと思っても、それ以上の感情の入り込む余地はなかったはずなのだ。それが、あの一言を聞いてから変わったのだ。

「あの男は……。許嫁なのです」

その言葉に、栄次郎は身内が震えた。あんな下劣な男に萩絵を渡したくないと思ったのか。そのとき、どういう感情の動きがあって、今の息苦しい思いになったのかがわからない。

なんとも落ち着かず、栄次郎はふとんから出た。

外は真っ暗だ。母も兄も寝入っているに違いない。

庭の井戸で顔を洗い、それから刀を持って裏の薪小屋に向かった。東の空が白みはじめるのには間があった。

薪小屋の横に枝垂れ柳の木がある。青い葉が繁っている。

栄次郎は柳に向かい、静かに膝を曲げ、居合腰に構える。そして、左手で鯉口を切り、右手を柄に添える。

長く垂れた枝の葉が風に微かに揺れた。その間合いをとらえ、右足を踏み込んで伸び上がりながら、栄次郎は刀を鞘走らせた。

風を斬り、小枝の寸前で切っ先を止める。だが、切っ先が葉に触れたのか、柳の葉の下半分が切れて風に舞った。

狂った……。栄次郎は、頭の前で大きくまわした刀を居合腰に戻しながら鞘に納めた。

呼吸を整え、再び抜刀する。だが、瞬間に何かが脳裏を走った。またも、葉を斬った。

己の未熟さを痛感しながら、深呼吸をした。そして、雑念が消えて、居合腰から抜刀する。今度はぴたっと剣尖は葉の寸前で止まった。

何度も繰り返すうちに、額や頸のまわりに汗が滲んできた。

ようやく空が白みはじめてきた。

呼吸を整えて、栄次郎は静かに刀を鞘に納めた。そして、刀を腰から外《はず》すと、後ろにひとの気配を察した。

振り向いた瞬間、亡き父が立っているのかと思った。

「兄上」

兄の栄之進が立っていたのだ。

最近、ますます父に似てきた。顔つきばかりではなく、無口なところや、不機嫌そうに口を一文字に結んでいるところなど、そっくりだ。

兄はしゃがんで足元に飛んで来た葉の切れ端を拾った。つくづく眺め、

「揺れている葉を真っ二つにするとはたいした腕だ」

と、感心して言う。

「いえ。それは……」

ほんの僅かな狂いがあったのだと言おうとしたが、栄次郎は言葉を止めた。

あのとき、萩絵のことが心にあった。そのことが、栄次郎の口を重くした。

「それより、兄上。どうなさったのですか。こんなに早い時間に」

気を取り直して、栄次郎はきいた。

「ゆうべ、そなたを待っていたのだが、帰りが遅かったようなのでな」

「すみません」

ゆうべは夜中に帰って来たが、隅田川では終夜、涼み船が出て賑わっていたのだ。

おそらく、兄は栄次郎の帰りを、今か今かと待ちわびていたのだろう。

「何かあったのですか」

栄次郎は強張った声になった。

「じつは、母上が後添いの話を持ってきたのだ」

「後添い？　それは結構ではありませぬか」

栄次郎は緊張をほぐした。

「しっ、声が高い」

兄は母屋のほうを気にした。

「なんでも、出戻りらしい。いや、出戻りがどうのこうのと言うつもりはない。ただ、俺はもう少し自由でいたいのだ」

兄の言うことはわかっている。

「じゃあ、まだ、深川に？」

栄次郎はうれしそうにきく。

「まあ、そうだ」

深川仲町の遊女おぎんを、兄はすっかり気に入っている。謹厳実直な兄を、一度、強引に深川に連れて行ったら、兄はすっかり病みつきになってしまっているのだ。

確かに、おぎんは気立てのよい女で、どこか亡き兄嫁に似ているところがあった。

「だから、母上から相談されたら、反対してくれ。頼む」

兄が頭を下げた。

「兄上。おやめください。わかりました。母上には、うまく言っておきます」

「頼んだぞ」

安心したようだが、兄はまだ何か用がありそうにもじもじしていた。表情がさっき以上に厳しい。何か言いたそうだった。

栄次郎は察した。

「そうそう、兄上。じつはゆうべはちょっとした実入りがありました。もし、よろしかったら、あとでお持ちいたします」

一瞬、兄の頬が緩んだが、すぐに厳しい顔つきになって、

「栄次郎。俺はそんなつもりではないのだ」

と、怒ったように去って行った。

朝餉を終えてから、栄次郎は兄の部屋に行った。

きょうは出仕の日で、着替えはじめている。大番組頭という役職にある。二日出仕して、次は非番になる。つまり、三日に一度は非番なのだ。

非番の日に、兄は深川に行っているようだ。

「栄次郎。何か用か」

栄次郎を待ち望んでいたくせに、兄は虚勢を張っている。

「これを、どうぞ」

栄次郎は一両小判を無造作に出した。

「なんだ、これは？」

兄は不快そうな顔をした。

「失礼かと思いましたが、ゆうべは思った以上の実入りがありまして」

「そうか。おまえがそんなに言うなら」

兄は素早く手にした。

「すまぬ」

兄はいつものように気難しそうな顔で言った。

「そうだ。栄次郎。また、おしまに催促された。一度、行ってやれ」

「はい」

そうは答えたものの、今の栄次郎にはそんな気持ちの余裕はなかった。

兄が出仕したあと、栄次郎は母に呼ばれた。

部屋に行くと、母は仏壇に向かっていた。栄次郎も隣りに座った。父の位牌と兄嫁の位牌が並んでいる。

位牌の父は実の父親ではない。また、仏壇に向かっている母も実の母親ではない。

さらに、兄栄之進とも血のつながりはない。

栄次郎が自分の出生の秘密を知ったのは、半年ほど前のことであった。だが、それを知ったからといって、自分が矢内家の人間であることに変わりはなかった。

実の父親が大御所治済であり、母が旅芸人の胡蝶という女だったとかは他人事のようであった。

ただ、川崎宿の旅籠の女将になっている胡蝶という女に会って、すべて心の整理がついたのだ。尾張徳川家六十二万石より三味線弾きの道を選んだのだ。

栄次郎は矢内家の人間であると思っている。父と母は実の親であり、兄栄之進は実の兄だと思っている。

事実、亡き父の性格だったお節介病は、立派に栄次郎に引き継がれているのだ。それひとつとっても、自分が矢内家の人間に間違いないことを物語っている。栄次郎はそう自分に言い聞かせていた。

仏壇から離れ、部屋の中央で栄次郎と母は向かい合った。

母は同じ幕臣で幕府勘定衆を務める家から亡き父のもとに嫁いできた、気位の高いひとだった。勘定衆は勘定奉行の下で、幕府領の租税などの財務や関八州のひとびとの訴訟などの事務を行う。

「栄次郎。そなたにおききしたいことがございます」

「なんでしょうか」

「栄之進のことです」

来たなと、栄次郎は僅かに居住まいを正した。

「栄之進は後添いの話を頑《かたく》なに拒んでおります。それほどまでに拒むには何か理由があるはず。そなたは知りませんか」

母の目をまともに受けて、栄次郎は答えた。

「まだ、義姉上様のことが忘れられないのと違いますか」

「栄之進もそう言っておりましたが、そんなはずはありませぬ。仮に、そうだとしたら、よけいに妻を娶るべきです。いつまでも亡くなった者に心を残していては、ためになりませぬ」

「おっしゃるとおりです。今、心当たりを思いついたのですが、私のことが理由かもしれません」

栄次郎は考えておいた言い訳をもっともらしく口にした。

「栄次郎のこと？」

母は怪訝そうな表情をした。

「はい。先日、私は兄上が後添いをもらうまで、この屋敷に置いて欲しいと母上にもお頼みいたしました。つまり、兄上が後添いをもらえば、私はここを出て行かねばなりませぬ。そのことを気にして、兄上はその話を拒んでいるのではないでしょうか」

「栄之進が後添いをもらっても、そなたがすぐにここを出て行く必要はありませぬ」

そう言ったあとで、母はちょっと迷うような顔をした。

「栄之進の気持ちもわからなくありません。わかりました」

納得したのか、母は素直に引き下がった。

「ところで、栄次郎。そなたのお名取りの名は何と言うのでしたか」

「はい。吉右衛門師匠の吉と栄次郎の栄をとり、吉栄です。杵屋吉栄です」

「杵屋吉栄ですね」

「はい。母上、それが何か」

「いえ、なんでもありませぬ」

どこに出演するか、母はひとを使って調べさせようとしているのか。

「お名取りのことはともかく、私としては、いずれどこその……。まあ、よいでしょう」

母はあとの言葉を濁した。

栄次郎には母の言いたいことがわかった。いいところがあれば、養子に行ってもらいたいと言いたいのだ。

尾張藩主などではない、もう少し身近なところに、と母は考えているに違いない。

「母上。出来ましたら、私はもうしばらくここに居候させていただきたいと思います」

母からはすぐに言葉が出なかった。

「もう、よろしいですよ」

やっと母が口を開いた。

三

二日後、いつものように、朝の四つ（十時）になって、白地の小紋の着流しに二本差しで、栄次郎は本郷の組屋敷を出た。

出がけに、兄に挨拶したが、兄はどこか落ち着かぬげであった。きょうは非番であり、おそらく深川に足を向けるのであろう。

栄次郎は屋敷を出てから、加賀藩のお屋敷の脇を通って湯島切通しを下った。蝉の声が追いかけてくる。きょうも暑い日になりそうだった。上野寛永寺の五重の塔の上に、入道雲が居すわっている。

広小路の雑踏の中で、ふたりのところてん売りに会った。荷なう箱の中に、杉の青葉が見えるのが、いかにも涼しげだ。

広小路を突っ切り、まっすぐ東に、隅田川に向かう。

強い陽射しが照りつけ、栄次郎はたまらず扇子をかざして陽をよけた。

途中、今度は朝顔売りや風鈴売りの行商とすれ違い、遠くに金魚売りの声を聞いて、栄次郎は黒船町のお秋の家へとやって来た。

玄関を入ると、お秋が血相を変えて飛び出して来た。

「栄次郎さん」

お秋は二十八歳の色っぽい年増だが、きょうは険しい顔つきだ。

「どうしましたか」

何事かと、栄次郎はお秋の顔を見つめた。

「どなたなんですか。あの御方は？」

ちょっと拗ねたような言い方だった。

「あの御方？」

栄次郎は逆にきいた。

「今、上でお待ちですよ」

お秋が怒っている。こういうときはたいてい、女の客が来ているときだ。だが、心当たりがあるのは、町火消『ほ』組の頭取政五郎の娘おゆうだけだ。十七歳で器量はよいが、鼻っ柱の強いおきゃんな娘で、ここには何度も遊びに来ている。

だが、今のお秋の口ぶりでは知らない相手のようだ。

それにしても、女の客が来るとお秋が不機嫌になるのも妙な話だ。

お秋は六年前まで矢内家に年季奉公をしていた女だが、今は八丁堀の与力の囲われ者になっている。れっきとした旦那持ちなのだから、栄次郎の客にやきもきする必要はないと思うのだが、女心はよくわからない。

「来るまで待たせていただきますと、さっさと二階に上がってしまうんですからね」

お秋は悔しがる。

「私にはとんと見当がつかないのですが」

栄次郎は小首を傾げた。

「あら、ずいぶん親しそうな感じでしたよ。新内流しの栄次郎さまのお住まいはこちらですかって」

「新内流し……」

まさかと、栄次郎は思った。

「ともかく、二階に行ってみます」

栄次郎は梯子段を上がった。


借りている二階の小部屋の前に立ち、栄次郎は一瞬臆した。覚えず深呼吸をし、栄次郎は声をかけて、障子を静かに開けた。

すると、窓の傍に武家の娘が座っていた。

「萩絵どの」

やはり、萩絵だった。

しかし、萩絵は大きな目を見開いて、栄次郎を見返している。一瞬、萩絵が私の顔を覚えていないのかと疑った。

「まあ、栄次郎さまはお武家さまでしたの」

やっと、萩絵が声を出した。

あっと、栄次郎は思った。先日が新内語りの恰好で、頭にも手拭いをかぶっていたのだ。今は武士の姿。萩絵が驚くのも無理はないと思った。

栄次郎は刀掛けに刀を掛け、改めて萩絵と向かい合った。

「驚きましたわ。新内流しの栄次郎さまって、ほんとうの芸人さんかと思っておりました」

「私のほうこそ驚きました。よく、ここがわかりましたね」

「黒船町にお住まいとお聞きしたからよ。でも、探し出すまで二日もかかってしまいました」

萩絵は明るく笑った。

が、急にとり澄ました表情になり、居住まいを正してから、

「その節は危ういところをお助けいただき、ありがとうございました」

と、手をついた。

「いや、お手をお上げください。それより、あれから困ったことになりませんでしたか」

栄次郎は気になっていたことをきいた。相手が萩絵の許嫁なのだ。

「だいぶ、お怒りのようでした」

萩絵はいたずらっぽく笑った。

「あなたに差し障りは？」

「まあ、なんとか」

曖昧に答えて、萩絵は窓に目を向けた。ちょうど、釣忍《つりしのぶ》の風鈴が軽やかな音を出したのだ。

「いい音色」

萩絵が心地よさそうに言う。

窓の向こうは隅田川で、船宿がいくつかあり、御厩河岸の渡し場もそばにある。その先に浅草御蔵の一番堀の白い土蔵が見える。

障子が開いて、お秋が茶を運んで来た。

「どうぞ」

突慳貪《つっけんどん》に言い、お秋が茶を置いて、そのまま居すわろうとした。

「お秋さん」

栄次郎が困った顔で言う。

「なんでしょうか」

お秋は動きそうにもない。

「栄次郎さま。外に出ませんか」

萩絵が微笑んだ。

お秋の眦《まなじり》がつり上がり、

「外はお暑うございますよ」

と、萩絵に顔を向けて言う。

栄次郎はあわてて、

「お秋さん。萩絵どのを送って来ます」

と言い、立ち上がった。

刀を置いたまま、栄次郎は萩絵とともに梯子段を下りた。

お秋がいっしょになっておりて来た。

ふたりで外に出たが、お秋が後ろで睨みつけているのがわかった。

「どこか日陰を探しましょう」

お秋の言うように、強い陽射しだ。

「栄次郎さま。川が見てみたいのですけど」

「川ですか。わかりました」

栄次郎は土手に上がり、萩絵とともに川岸に下りた。

風があるので、波が立っている。川面が陽光を照り返し、きらきらと眩いほどに輝いている。

「助けていただいたのは、どの辺りになるのでしょうか」

萩絵が上流のほうを見てきいた。

吾妻橋が見える。

「あの橋の向こうですよ」

「すごい船の数でしたわ」

萩絵はあの夜のことを思い出して言った。

「あの侍、あなたにまた何か言ってきたんじゃないのですか」

栄次郎はもう一度、きいた。

「いえ。船でのことは自分でも恥ずかしくて言えないでしょうから」

「許嫁だということですが。確か、片山というお名前だそうですね」

栄次郎は胸を切なくしながらきいた。

「ええ、父が決めたのです。でも、私は好きでもない御方のところには行きたくはありません」

萩絵はきっぱりと言った。

「それで、すみそうですか」

「いえ」

「では、どうなるのですか」

「結局は、あの御方のところに嫁いで行くしかないのでしょう」

ふと、萩絵は辛そうな顔をした。が、すぐに表情を明るくし、

「でも、なんとかなります。この前みたいに」

「この前みたい？」

「栄次郎さまが助けてくださったことです。危ういときには、きっと誰かが……」

萩絵は夢みたいなことを言った。

なんとかしてやりたい。そんな思いが突き上げてきた。が、栄次郎はぐっと思いを抑えた。

萩絵は旗本の娘。御家人の子息では相手にならない。それより、栄次郎は三味線弾きとして生きて行くのだ。萩絵とは釣り合いがとれない。

所詮、栄次郎が首を突っ込んでもどうなるという問題ではない。よけいなお節介を焼くべきではない。

御厩河岸の渡し船が、川の真ん中に出ていた。

「また、お会い出来るでしょうか」

萩絵が訴えかけるようにきいた。

「あなたは……」

許嫁のいる身と、口に出かかった。

「いえ、私、また遊びに来ます。よろしいでしょう」

萩絵は勝手に決めつけた。

栄次郎は迷った。ここできっぱり断ったほうが、萩絵のためではないか。気の進まない相手ではあろうが、父親が選んだ男である。それに、あの片山という侍は旗本であり、嫁げばそれなりの暮らしが待っているであろう。

出しゃばっては、かえって萩絵の幸福の邪魔をしてしまいかねない。そう思いながらも、栄次郎は決断をためらった。

「いつも、栄次郎さまはあの家にいるのでしょう」

「ええ」

栄次郎は押し切られるように答えた。

「これで、安心して帰ることが出来ます」

萩絵はいたずらっぽく笑った。栄次郎は何も言えなかった。

四

数日後の夜。栄次郎はむかつく胸をさすりながら、下谷広小路までどうにかやって来た。だが、もう限界だった。あえて、足を不忍池に向けた。

今夜、お秋の家に、与力の崎田孫兵衛がやって来た。

孫兵衛は、お秋が栄次郎に部屋を貸していることが気にいらないようで、いつも冷たい目をくれる。そのくせ、会うと酒の相手をさせるのだ。

栄次郎が酒に弱いのを承知で、わざと勧める。部屋を借りている手前もあって、なかなか断れない。

その上、先日は瀬山光之丞の件で、いろいろ頼みごとをし、骨を折ってもらった。その負い目もあるので、無理強いをされても無碍に断ることが出来ず、だいぶ呑まされてしまったのだ。

やっと解き放たれ、お秋の家を出たのが、夜五つ（午後八時）。家を出た当初はなんともなかったが、だんだん胸が苦しくなってきた。まわりの風景がぐるぐるまわるようだ。

ともかく、池の畔で少し休んで行こうとし、下谷広小路を横切って、どうにか不忍池までやって来た。

池の辺《ほとり》には料理屋や出合茶屋の灯が輝いている。池の水面に月が映っていた。

柳の木の下に腰を下ろした。夜風が気持ちよい。

盃を何杯空けたのだろうか。一杯、せいぜい二杯が限度なのに、その三倍ぐらいは呑んでいる。

崎田孫兵衛が栄次郎を目の敵にするのは、嫉妬からだ。お秋が栄次郎に親身になっているのが面白くないのだ。自分のいない留守に、お秋と栄次郎のふたりだけで家にいると思うだけで、胸が焼けただれたようになってしまうのかもしれない。

(嫉妬か、つまらない)

そう呟いたが、栄次郎はふと萩絵のことを思い出した。

自分は、片山という許嫁を面白く思っていない。それは嫉妬ではないのか。単に女に狼藉を働いたという以上の感情を、片山に持っているのだ。それが嫉妬ではなく、なんであろう。

崎田孫兵衛を笑えるのか。おい、栄次郎と、問い詰める声が聞こえそうだった。

あれから、萩絵は現れない。といっても、まだ三日と経っていないのだが、不思議なことに、面影が脳裏から離れない。

先日、お秋の家まで訪ねてくれたが、駒形町の茶店にこの前の女中を待たせていた。そこまで、萩絵を送って行くと、萩絵は駕籠に乗って引き上げて行った。駕籠に乗る前に栄次郎に向けた寂しげな笑みが瞼の裏に残っている。

栄次郎さま。助けてと訴えているようだった。

池面に映る月の位置が、少しずれたような気がする。寛永寺の鐘が鳴った。五つ半（九時）だ。

しばらくしていると、少し胸のむかつきは治まってきた。が、まだ頭の芯がずきんずきんする。

栄次郎は立ち上がった。大きく深呼吸し、夜の空気を吸い込んで吐いた。頭の芯の痛みもじきに薄らぐだろう。

武士が酒に弱くてどうする。そんな嘲笑が聞こえてきそうだった。こんな姿を萩絵に見られたらと、そんなことを思いながら、栄次郎は池の畔を池之端仲町から茅町へと向かった。

そして、湯島切通し坂下にさしかかったとき、突然、悲鳴を聞いた。男だ。坂の横の暗がりから、吉原かぶりの男がよろけながら走って来た。栄次郎はいきなり駆け出した。

「どうした？」

その男に声をかけた。

「辻斬りだ」

「自身番へ」

そう言い、男の指差すほうに、栄次郎は走った。

すると、前方の暗がりに抜き身を下げた侍が立っていた。その足元に白っぽい着物の男が倒れている。

「神妙にせよ」

抜き身を下げた、着流しの侍の前に、栄次郎は立ちふさがった。黒い布で顔を覆っている。

いきなり、侍が上段から激しく打ち込んできた。栄次郎は刀を鞘走らせた。互いの位置が変わった。すると、少し離れた暗がりに黒い影が動くのが見えた。仲間だ。

そのとき、自身番から提灯を掲げてひとがやって来た。

覆面の男は踵を返し、不忍池に向かった。

「待て」

栄次郎は追った。

だが。相手の逃げ足は早く、たちまち池の畔の暗闇に紛れてしまった。用心深く、周辺を探したが、ついに見つけ出せなかった。

栄次郎は刀を納め、さっきの場所に戻った。

自身番や木戸番の男が傍に立ち、倒れた男にしがみついているのは、さっき逃げて来た男だ。

倒れているのは、手拭いを吉原かぶりにした男だ。右から袈裟懸けに斬られている。絶命していることは明白だった。

傍らに、三味線が転がっていた。皮は破れ、糸が切れていた。新内流しの途中に、辻斬りに遭遇したものと思える。

助けを求めた先刻の男は、死んでいる男にしがみついて、嗚咽《おえつ》をもらしていた。

「何があったんですか」

男が落ち着くのを待って、栄次郎はきいた。

「門前町を流し、池之端仲町に向かうところだったんです。ここまでやって来たら、暗がりから覆面の侍が出て来て、いきなり斬りかかってきたんで」

興奮のために男の声は震えていた。

「蝶太《ちようた》」

またも、男が死んだ男にしがみついた。

ようやく、岡っ引きがやって来た。小肥りの、いかつい顔には記憶があった。繁蔵《しげぞう》という親分だ。

繁蔵は、しゃがみ込んで死体を検《あらた》めていたが、ふと立ち上がると、顔をこっちに向けた。

「おや、おまえさんは確か……」

繁蔵は栄次郎に気づいた。

「与力の崎田孫兵衛どのの妹御の家にやっかいになっている矢内栄次郎です」

栄次郎はわざと崎田孫兵衛の名を強調した。

ふんと顔をしかめ、

「で、栄次郎さまはどうしてここに？」

と、繁蔵は胡乱げな目できいた。

「本郷の屋敷に帰る途中、この方の悲鳴を聞いたんです」

栄次郎は傍らで悄然としている男に目を向けた。

「おまえさんの名は？」

「はい。富士松蝶助《ふじまつちょうすけ》という新内語りでございます。この富士松蝶太と組んで町を流しておりました」

　蝶助は倒れている男に目を向けた。

「覆面の侍がいきなり襲いかかってきたと言っていたが、何か言っていなかったのか。金を出せとか」

「はい。暗がりからひょいと出てきて、刃を突きつけて、奴はこう言いました。あの夜の意趣返しだと」

　栄次郎は聞きとがめた。

「あの夜の意趣返し?」

　そうきいたのは繁蔵だ。

「そうです。答える間もなく、いきなり、斬りつけてきました」

「あの夜の意趣返しとは、何だ。新内語りと何かいざこざでもあったのか。そんな話を聞いたことがあるかえ」

　繁蔵は蝶助にきいた。

「いえ、知りません。そんな話は聞いちゃおりません」

　あの夜の意趣返しとは、川開きの夜のことではないのか。

まさか、あのときの侍が……。栄次郎は自分の顔の筋肉が引きつるのを感じた。

(ひと違いだ)

賊が、あのときの意趣返しで、新内流しを狙ったのだとしたら、殺された蝶太はひと違いで殺されたことになる。

栄次郎は握った拳を開き、また強く握りしめた。

「どんな感じの侍だった?」

繁蔵の声がきこえ、栄次郎は我に返った。

「体の大きな男でした」

蝶助が答える。

栄次郎も見ている。体の大きな男だった。肩の筋肉が盛り上がり、胸板も厚く、二の腕も太かったのを覚えている。

「間違いありませんかえ」

繁蔵が栄次郎に確かめた。

「そのとおりです」

船にいた片山という侍は、痩せ型であり、どちらかというと華奢な体つきだった。

明らかに別人だ。

旗本の伜である片山某が、自ら刃を振るうとは思えず、また、この斬り口から窺えるほどの技量は持ち合わせていなかった。

もし、栄次郎への意趣返しであるなら、襲撃者は片山某が金で雇った殺し屋ということになるだろう。

しかし、「あの夜の意趣返し」が、川開きの船の上での出来事のことだと、決まったわけではない。迂闊《うかつ》に、そのことを口にすることは出来なかった。

やがて、同心がやって来て、栄次郎も事情をきかれ、さらに四半刻（三十分）も留め置かれて、ようやく開放されたとき、すっかり酔いは醒めていた。


本郷の組屋敷に戻ったのは、四つ（十時）を大きくまわっていた。

母上や兄上はもう就寝したのだろう。栄次郎は忍び足で廊下を自分の部屋へ行った。

酒酔いの頭痛はなくなったものの、今は胸を圧する苦痛に襲われて、それはますます強くなった。落ち着こうと何度も深呼吸をしたが、苦痛は和らぎそうにもなかった。

「あの夜の意趣返し」という賊の言葉が頭から離れない。新内語りが犠牲になったことと思い合わせると、やはり、栄次郎の川開き一件と無関係ではない。そう思わざるを得ない。

よけいなお節介を焼いたばかりに、無関係な者を巻き添えにしてしまったという後悔が胸に迫ってくる。

蝶太はさぞかし無念であったろう。奪われる必要のない命だったのだ。

五体を引きちぎられるほどの苦痛は、なおも栄次郎に襲いかかる。

下手人は、こともあろうに萩絵の許嫁の可能性がある。萩絵の身に降りかかる不幸も、栄次郎の胸を締めつけた。

いや、萩絵は片山のような男に嫁ぐべきではない。そう思うと、これが心ならずも許嫁にされた萩絵を、苦境から救い出すいいきっかけになるかもしれない。片山の悪事を暴きさえすればいいのだ。

ともかく、事の真相をはっきりさせなければならない。萩絵に会い、片山という侍のことを聞き出してみるのだと、栄次郎は思った。

が、萩絵に会いに行くことがためらわれた。萩絵に会いたいための口実ではないかと自分を疑った。

違う。俺の身代わりに新内語りが殺されたのだ。仇をとらねばならぬ。その思いだと、栄次郎は自分に言い聞かせた。

五

翌日の昼間。

栄次郎は、池之端七軒町の通称芸人長屋に足を向けた。新内語りだけでなく、落語や講釈師などの芸人が多く住んでいることから、そう呼ばれている長屋だ。

七軒町は不忍池の西方にあり、根津権現に近い。

長屋の路地を入ると、蝶太の住まいは訊ねるまでもなく、ひとの出入りがあるので、すぐにわかった。

栄次郎は戸口に立った。薄暗い部屋に集まっていたひとたちが、顔をいっせいに向けた。

「あっ、ゆうべの」

中のひとりが腰を浮かした。

蝶助という、死んだ男の相方だ。

「わざわざ来てくださすったのですか。どうぞ」

栄次郎は刀をとり、右手に持ち替えて、部屋に上がり、皆が空けてくれた場所に腰を下ろした。

狭い部屋に、蝶太が白い布で顔を覆われて、仰向けに寝ている。枕元には小机が置かれ、線香が煙を立てていた。

(すまぬ。私のために)

栄次郎は合掌し、心の内で謝った。

「蝶太のために、ありがとうございます」

声をかけられ、顔を向けた。でっぷり肥った男だ。

「大家の喜兵衛《きへえ》でございます」

「矢内栄次郎と申します」

「たまたま行き合わせただけの御方に、お線香を上げていただいて、蝶太も喜んでおりましょう」

違う。この男は私に間違われて殺されたのだ。そう言おうとしたが、言葉が出なかった。俺は卑怯者だ。栄次郎は胸にまたも痛みが走った。

「もう少し、早くあの場に行き合わせていたらと、残念でなりませぬ」

栄次郎は無念を口にした。

「蝶太さんにご家族は?」

栄次郎は気になっていたことをきいた。狭い部屋に、家族と思えるような人間は見当たらなかったが、念のために確かめたのだ。

「幸か不幸か、独り者です」

蝶助が答え、

「一人前の新内語りになるまでは所帯を持たねえと、頑張っておりました」

と、しんみり続けた。

「そうですか」

戸口に新たなひとが現れた。

「栄次郎さんじゃありやせんか」

その声に顔を向けた。

「あっ、音吉さん」

「どうしてここに？」

音吉が、不思議そうにきいた。

「音吉さんとお知り合いで」

蝶助は、栄次郎と音吉の顔を交互に見た。

「へえ。懇意にさせていただいております」

「そうですか。これも何かの因縁なのかもしれませんね」

蝶助はしみじみ言う。

「じゃあ、ちょっとお線香を上げさせていただきます」

音吉は狭い部屋に上がった。

長屋に住む芸人たちも、入れ代わり焼香にやって来た。突然の不幸に、誰も納得いかない顔つきだった。

頃合いを見計らい、栄次郎は音吉といっしょに長屋を出た。


両側に武家屋敷の塀が続く通りを不忍池に出た。

胸が締めつけられ、足は重たい。ふたりとも、ずっと黙りがちだった。不忍池の畔に立ち、池の真ん中にある弁天島に目を向けながら、

「音吉さん。蝶太さんは私の身代わりになったのかもしれません。賊は、あの船での件に遺恨を持って、新内語りの蝶太さんを、私だと思って……。そのことを、私は皆さんに言えなかった」

栄次郎は、胸の苦しみを吐き出すように言った。

「あっしも、賊がそんなことを口走ったと聞いて、びっくりしました。でも、賊は

『あの夜の意趣返しだ』と言ったそうじゃないですか。あの船の一件とは別かもしれませんよ。仮に、そうだとしても、それは栄次郎さんの責任じゃありません」

「しかし、私があのとき、よけいなお節介を焼かなければ、こんなことにはならなかったんです」

「それは違います。だって、栄次郎さんが助けに入らなければ、あの娘さんが酷い目に遭っていたんですよ。悪いのは、あの侍だ」

　音吉は握った拳を震わせた。

「許せない」

　栄次郎の心に水嵩《かさ》が増すように、怒りが溜まってきた。

「ただ、わからないのは、どうして蝶太さんが間違われたかってことです」

　音吉が暗い顔を傾げた。

「どういうことですか」

「だって、蝶太さんは小肥りで、栄次郎さんとは姿形が違います。なぜ、見誤ったんでしょうか」

「それは……」

　確かに、おかしい。栄次郎は夜のことでもあり、横たわった蝶太しか見ていないのであまり気づかなかったが、だいぶ体型が違うようだ。

賊が殺し屋にせよ、狙う人間の特徴は聞いていたはずだ。いや、あの近くに依頼主の片山という侍もいっしょにいた可能性もある。暗がりに、人影があったのだ。だとすれば、狙いを違《たが》えるのはおかしい。それとも、片山某は、栄次郎の姿形をよく覚えていなかったのだろうか。

その上での襲撃というのであれば、ただやみくもに襲っただけということだ。

「まさか」

栄次郎はかっと目を見開いた。

「賊が、ひと違いに気づいたとしたら、改めて誰かを襲うかもしれません」

「ちくしょう。そんなことはさせない」

音吉は声を震わせた。

相手が、栄次郎のことを新内語りだと信じているからこそ、新内流しの中から似通った男を狙ったのだ。町中を流す者の中に、目指す人間のいないことを、相手は知らないのだ。

翌日、かんかん照りの中を、蝶太の亡骸は長屋の連中に担がれ、谷中の寺に運ばれた。

栄次郎と音吉は、その一行に加わった。

長屋の連中や新内語りの仲間も、栄次郎に間違われて殺されたことを知らない。栄次郎が黙っているからだが、そのことが栄次郎の胸を締めつけた。

よほど口にしようかと思ったことが何度かあるが、そのたびに思い止まらせたのは萩絵の存在だった。

下手人は、萩絵の許嫁の可能性があるからだ。そのことが、栄次郎の口を重くしているのだ。それと、もうひとつ、「あの夜の意趣返しだ」という言葉が、栄次郎との一件をさしているかどうかの確証がなかったことだ。

繁蔵親分が聞き込みをしているらしいが、まだ、揉め事を起こした新内語りは見つかっていないという。

夕方、お弔いが済んで、栄次郎は音吉とともに、下谷車坂町の惣右衛門店《そうえもんだな》にやって来た。

ここで音吉は師の春蝶といっしょに住んでいた。今、春蝶は旅に出ていて、音吉がひとりで留守を守っている。

春蝶は、元は富士松春蝶と言った新内語りである。その破天荒な性格が災いして師匠から破門されて、今は富士松の名も使えず、また新内語りの活動の場である吉原からも締め出され、他の盛り場を流して生活している男だった。

音吉も富士松一門にいたが、春蝶が破門されたときに、春蝶についていった変わり者だった。

「春蝶さんは、どうしているでしょうねえ」

栄次郎は春蝶に思いを馳せた。

一度、加賀の国に旅立ったが、一年振りに帰って来たとき、昔自分が捨てた子どもと再会してきたと言っていた。

再び、山中温泉にいる伜に会って来ると、置き手紙をして、旅に出てしまったのだ。

それから、半年以上が経つのだ。

山中温泉にいる伜が呼んでいると書いてあったが、伜が春蝶を許したとは思えない。

簡単な夕飯をとってから、暮六つ（六時）の鐘を聞いて、着替えをはじめた。

栄次郎は白の格子縞の単衣に博多帯を締め、頭は手拭いで吉原かぶり、糸を帯に通して輪を作り、そこに三味線の胴を載せた。

音吉の支度も整い、

「では、そろそろ行きましょうか」

と、栄次郎は音吉に声をかけた。

山下から三橋を渡り、池之端仲町に出た。新内の前弾きを夜の町に奏でながら、ゆっくり、そして他人の目につくように、流してまわった。

酔客が行き交い、芸者が座敷に向かい、茶屋女の呼び込みの声。川開きから、露店の夜業もはじまり、どこも賑わっている。

湯島天満宮門前町から同朋町、さらには明神下へと流し、賑やかな場所からときには賊を誘い込むように、ひとけのない暗い場所にも足を向けた。

商売をするつもりはなく、また界隈を流している別の新内語りの邪魔をするわけにもいかないので、呑み屋の門口に立つことも、料理屋に近づくことも遠慮した。

必要なとき以外は、三味線を弾くことはしなかったが、怪しまれぬように、時折は新内の前弾きを爪弾く。

一刻（二時間）近く歩きまわったが、怪しい影も現れず、湯島天神下から下谷御数寄屋町と流し、再び池之端仲町に戻って来た。

「栄次郎さん。現れませんでしたね」

音吉が緊張をほぐして言う。

「事件からまだ二日しか経っていませんからね」

狙う場所を変えたとも考えられる。

「また、明日の夜も歩いてみましょう」

栄次郎は音吉をつきあわせることを避けたいと思ったが、自分も関わっているので、いっしょしますと、音吉は答えた。

車坂町の音吉の長屋に戻り、栄次郎は着替え、二本差しで帰途についた。

賊はあのときの新内流しが栄次郎という名であることを知らない。おそらく、記憶を頼りに、殺し屋の浪人が栄次郎らしき新内語りを斬った。

だが、ひと違いだったことが知れれば、また改めて狙うはずだ。

途中、ぽつりと冷たいものが頬に当たった。雨だ。栄次郎は急ぎ足になった。本郷通りにやって来たときには髪も濡れ、雨水の重みとまとわりつく裾で歩きづらかった。

ふと、萩絵の顔が脳裏を過り、栄次郎は胸に差し込むような痛みを覚えた。

六

雨は翌朝も降り続いていた。

辺りが薄暗かったせいか、栄次郎の目覚めは遅かった。

縁側に立って庭を見た。雨は激しく降っている。剣の素振りを諦め、栄次郎は遅い朝餉の膳についた。とうに、兄は食事を済ませていた。

食事を終えて、自分の部屋に戻ったとき、女中が呼びに来た。

「音吉さんという方がお見えです」

「音吉さんが」

栄次郎はとっさに悪い想像が脳裏を走った。音吉がかつて屋敷にやって来たことはない。よほどのことだ。

すぐに玄関に行くと、音吉は門の近くで待っていた。身分を弁《わきま》え、遠慮したものと思える。いや、それだけではない。家人に聞かれてまずい内容なのだ。

栄次郎は唐傘を差して、外に出た。

門の陰に立つ音吉の差す傘に、雨が音を立てて打ちつけている。

栄次郎に気づき、音吉は青ざめた顔を向けた。目の下に隈が出来て、ゆうべ別れたときの顔とは別人の感があった。一晩でいっきに憔悴してしまったようだった。

「何かあったのですね」

栄次郎は暗い気持ちできいた。

「また、殺られました。富士松松太夫《まつだゆう》という男です」

「どこで、ですか」

「三ノ輪の手前です。廓内で商売をし、家に帰る途中を襲われたそうです。同行していた弟子の話では、今度ははっきりと、『川開きの夜の恨みだ』と叫んで斬りかかったってことです」

目眩がしたように、栄次郎は足元が揺らいだ。

富士松松太夫の家を言い、音吉は引き上げて行った。

賊は、「川開きの夜の恨みだ」とはっきり言った。もはや、栄次郎の一件をさしていることは間違いない。

もはや、これ以上の猶予がならなかった。片山某の仕業であるという証拠を探す前に、川開きの夜の新内語りが自分であることを、片山某に明かさねばならない。

新たな犠牲者を生まないためにも……。


幸いなことに、昼前に雨がやんだ。

栄次郎は屋敷を出た。加賀前田家の上屋敷沿いの坂を上り、水溜りが出来て、ぬかるんだ道に往生しながら、湯島切通しを下る。いつも目に入る寛永寺五重の塔が、きょうは霞んでいた。

また、新たな命が奪われた。もはや、萩絵のことを慮っている場合ではない。萩絵に会い、どうしても片山という侍に会わなければならない。

湯島天神下から広小路に出て、さらに東に向かう。

武家屋敷の一帯を突き抜けて三味線堀に出ると、やがて元鳥越町に着いた。

鳥越神社の屋根の見えるところに、長唄の師匠杵屋吉右衛門の稽古場があった。きょうは稽古日であった。

稽古はどんなことがあっても休んではならない。それが、師匠の信条だった。どんな事情があれ、一度でも休めば、それ以降、何かあれば理由を作って稽古を休むようになる。それほど人間の心は弱いものであり、また芸道は厳しいものである。それを、戒めの言葉とし、栄次郎はこれまで一度も稽古を休んだことはない。

格子戸を開けると、土間に履物はなかった。雨上がりのせいか、出足が遅いのかもしれない。

住込みの弟子に、濯《すす》ぎの水を持って来てもらい、泥だらけの足を洗って座敷に上がった。

小柄な師の杵屋吉右衛門が、端然と座っている姿がとてつもなく大きく見える。もともとは町人であるが、今では弟子を何十人と抱え、その中には栄次郎のように武士も何人かおり、大工の棟梁や大店の主人などもいる。

この世界では町人も武士もなかった。芸を介した師と弟子との関係であり、芸の世界が厳然として別の社会が形作られているのだ。

「よろしくお願いいたします」

栄次郎は見台をはさんで師匠と向き合い、稽古をはじめた。

先日から『近江のお兼』に入っている。初演が七世団十郎だったことから、『団十郎娘』という別称がある。

二上がりで、前弾きに入る。

とめて見よなら　菜種の胡蝶　梅に鶯松の雪　さてはせな女が袖袂　しょんがいな
色気白歯の団十郎娘……

いきなり、師匠が手を二度叩いた。

はっとして、栄次郎は撥《ばち》の動きを止めた。

師が厳しい顔で、

「どうなさいましたか。きょうの糸には魂が入っていません」

と、鋭く栄次郎の心の迷いを看破した。

「きょうは、稽古をやめましょう」

師は冷たく突き放すように言った。

「申し訳ありません。私の知り合いが辻斬りに遭い、落命いたしました」

「どのような理由があろうが、三味線を持てば、糸に専一でなければなりませぬ。あなたの弱さはそこにあります」

師は厳しく指摘した。

その者の死には、私の責任があるのです、と言う必要はなかった。それでも、三味線を抱えたら邪念は捨てなければならない。

栄次郎は新八が来ないか気にしていた。そのことにも心が奪われていた。心の迷いは糸の音に出る。師は、微かな糸の乱れも見逃さなかった。

「申し訳ありません。もう一度、お稽古をつけていただけないでしょうか。お願いいたします」

栄次郎は低頭した。

「わかりました。それではもう一度、最初から浚いましょうか」

師は三味線を引き寄せた。

稽古が終わり、隣りの部屋に引き下がると、そこに新八の顔があった。

新八の稽古が終わるまで待って、いっしょに師匠の家を出た。

蔵前通りに向かいながら、栄次郎は川開きの夜の一件を話した。そして、新内語りがふたりも斬り殺された話をすると、新八の足が止まった。

「それって、栄次郎さんを殺るつもりだったたってことですか」

新八は強張った表情できく。

「そうでしょう」

「なんという侍だ」

新八は不快そうに、顔を歪めた。

「萩絵どのは旗本湯浅由影の娘で、屋敷は小石川だそうです。新八さん、萩絵どのに、私が会いたがっていると、お伝え願えませんか。片山という侍のことを知りたいのです」

「おやすいご用だ。萩絵さんが来なければ、お屋敷に忍び込んでみますよ」

新八は余裕の笑みを浮かべた。

そこに後ろから女の声がした。道がぬかるんで思うように走れないので、大きな声を出したようだ。

新八が振り返って苦笑した。

「やっぱり、おゆうさんだ。また、私が叱られる。栄次郎さんを連れて行ってしまったとね」

「いやだな、新八さん」

「じゃあ、あたしはここで失礼します。おっと、もう近づいて来ましたね」

おゆうが駆けて来た。

ふたりの前で立ち止まり、胸を押さえて、息を弾ませた。

「おゆうさん。あたしは退散しますので」

新八は笑いながら言い、栄次郎に会釈をして足早に蔵前通りに向かって去って行った。

「お稽古場に行ったら、たった今、栄次郎さんが引き上げたって。だから追いかけてきたの」

どうにか、荒い息も治まってきたようだ。

「何か用ですか」

「あら、用がなくちゃ、来てはいけないんですか」

「とんでもない」

栄次郎は苦笑するしかない。

おゆうは十七歳、形がよく美しい眉に目鼻だちがはっきりしていて、ちょっと勝気な娘だ。父親譲りなのか、意地と張りを通すおきゃんな娘だ。

おゆうを見ていて、萩絵を思い出した。町娘と武家の娘。育ちの違いはあるが、ふたりはどこか似ているようだ。

「お話があるんです。今度、聞いていただきたいんです」

「いつでもいいですよ。よろしいときに、お秋さんの家に訪ねて来てください」

「私……」

おゆうの顔つきが変わった。

あのひと嫌いよ、とおゆうが続けた。えっ、誰のこと、と栄次郎がきき返す。

「お秋さんよ。だって、いつも私のことを邪険にするんだもの」

「それは気のせいだ。あのひとはそんな意地悪じゃないよ」

「そんなことないわ、現にこの前だって……」

おゆうは形のよい眉を寄せて続けた。

「お秋さんに、栄次郎さんに会いに来ましたって二階に上がろうとしたら、栄次郎さんはお出かけですよと言うんです。私が真に受けて、また出直そうとしたら、女中さんが出て来て、栄次郎さんは二階におりますと。そしたら、お秋さん、顔を真っ赤にして女中さんを叱っていたわ」

私、あのひと、嫌いよ、とおゆうはまた言った。

栄次郎は言葉を慎重に選ばなければならなかった。

あのひとは、私が以前働いていたところの倅なので、気を使っているんですよ、と言おうものならば、どうして、そんなに気を使う必要があるんですか、とつっかかってくるに違いない。

あるいは、きっと私とおゆうさんの仲を勘繰って妬いているんでしょうと言えば、どうして、あのひとが妬くのだと、言うに決まっている。

「気にしなくてだいじょうぶ。二階の部屋にいても、おゆうさんの声は聞こえますから」

それしか言葉が見つからず、栄次郎は当たり障りのないように答えた。

「わかりました。じゃあ、留守だったとしても勝手に二階に上がって待っています」

おゆうは納得して引き上げて行った。

別れたあと、おゆうの話とは何だろうかと気になった。

が、それもいっときで、再び、重たい気分になった。

七

翌日、三ノ輪に富士松松太夫の家を訪ねた。小奇麗な二階家だった。

弔問客を相手にしているのは年寄りの女で、妻女の身寄りの者らしい。富士松松太夫は三十三歳だったという。妻女は二十四歳で、黒い着物から覗く白い襟足が艶っぽく、とうてい素人とは思えなかった。

妻女は弔問客にも顔を背け、うなだれていた。

蝶太より、弔問客が多かったのは、それだけ新内語りとして売れていたからだろう。松太夫はあちこちの座敷に呼ばれ、売れっ子だったという。

無類の酒好きで、客に勧められるまま呑んで酔いつぶれてしまうこともざらだったと、仲間が思い出を語っていた。ついひと月ほど前も、材木問屋の『大津屋』が、偉い御方を接待したお座敷で新内を語ったあと、大津屋さんに酒を勧められて酔いつぶれ、座敷で眠ってしまったという。

最近、悩んでいたようだが、自分の酒癖の悪いことに、自己嫌悪に陥っていたのかもしれない。だが、喉もよく、三味線も達者で、これからだというのにと、仲間は悔しがっていた。

誰かが、相手は物盗りなのかときくと、松太夫の相方の男が、

「いきなり覆面の侍が現れ、川開きの夜の意趣返しだと白刃を突きつけてきやがった。松太夫さんは違うと言ったのに、問答無用とばかり斬り殺されちまった」

と、惨劇のあらましを震える声で語った。

栄次郎はいたたまれなかった。よほど、そのひと違いの相手が自分であることを打ち明けようと思ったが、栄次郎は勇気がなかった。

栄次郎は逃げるように、外に出た。

下谷竜泉寺町のほうに歩きかけたとき、繁蔵がやって来たのに出会った。

「栄次郎さまじゃございませんか。どうしてここに?」

繁蔵は細い目に不審の色を浮かべた。

「また新内語りが殺られたというので、たまらずに来てしまいました。今度は、川開きの夜のことだと、賊は言ったそうですね」

「そのことですがね、こんな噂が耳に飛び込んで来たんでさ」

「噂？」

「川開きの夜、つまり五月二十八日の夜に、どこかのお武家と新内流しが、女のことでいざこざを起こし、新内流しが酔っていたお武家を叩きのめしたそうだ。そのときの遺恨で、侍が新内語りを殺しているっていうことだ」

「その噂、どこで聞いたのですか」

栄次郎は息を詰めてきいた。

「あっしが聞いたのは自身番の者だ。そいつは、髪結い床で聞いたと言っていた。いや、一膳飯屋でも、そんな噂をしていたそうですぜ」

妙だと、栄次郎は思った。あの夜のことを知っているのは限られている。栄次郎と音吉以外には、向こうの船に乗っていたふたりの侍。それに萩絵。それと……。船頭だ。

こっちの船の船頭と、向こうの船の船頭。このふたりのうちのどちらかが、話したのかもしれない。

栄次郎が乗ったのは、黒船町にある船宿『吉津屋』の船だ。船頭は若い松吉《まつきち》だった。

「繁蔵親分。その噂の出所を調べていただけませんか」

「噂の出所？」

「はい。ちょっと気になるのです」

「よし、わかった」

繁蔵と別れ、栄次郎は浅草田圃を突っ切り、浅草寺の裏手から境内に入り、雷門から並木町に入り、黒船町へとやって来た。

お秋の家に行く前に、栄次郎は『吉津屋』に向かった。

もやってある船を、松吉が掃除をしていた。

「あっ、栄次郎さま」

松吉は軽く頭を下げた。

栄次郎は船の傍に立ち、

「ちょっといいかな」

と、松吉を呼んだ。

鉢巻きをとって、松吉が岸に上がって来た。

「立て続けに、新内語りが殺されたのを知っていますか」

「へえ。きのう殺された松太夫さんは、何度か船に乗っていただいたことがあります」

「そうか。じつは、そのことだが、川開きの夜のこと」

「へい」

松吉は緊張した顔をした。

「あの夜のことを誰かに話しましたか」

「いえ、誰にも」

「そうですか」

松吉が嘘をついているとは思えない。

「ひょっとして、噂のことですか」

「聞いているのですね」

「はい。深川に行く客が話していました。一膳飯屋で聞いたそうです。栄次郎さま。たぶん、安蔵《やすぞう》ですよ。べらべら、喋ったのは」

「安蔵？」

「向こうの船の船頭ですよ。奴は口が軽いんで有名でしたからね」

「安蔵は、確か柳橋の『佐倉屋』でしたね」

「そうです」

栄次郎は礼を言ってその場を離れ、お秋の家に寄らず、その足で、蔵前通りを柳橋に向かった。

燃えるような陽射しだ。すれ違う者は皆、暑さに疲れた顔をしている。白玉水売りや、ところてん売りに客がついている。

船宿の『佐倉屋』にやって来て、栄次郎は土間にいた女将ふうの女に声をかけた。

「船頭の安蔵さんはいますか」

「あら、安蔵はきのうから来ていないんですよ。明日は来ると思いますが」

「そうですか。じゃあ、また出直します」

「あっ、船頭なら他に腕のいいのがおりますよ」

「いえ、船じゃないんです」

すまなさそうに言って、栄次郎は『佐倉屋』から離れた。

まだ、夕暮れには時間があったが、これからお秋の家に行くには中途半端な時間だと思い、栄次郎はそのまま神田川沿いを本郷に足を向けた。

夕方に本郷の屋敷に戻った。

すでに兄も帰っていて、栄次郎の顔を見ると、あわてたように飛んで来た。

「栄次郎。誰なんだ」

「えっ。誰って……」

まさか、と思った。

次の瞬間、栄次郎は自分の部屋に向かって駆け出した。

部屋を開ける。誰もいなかった。

「栄次郎。母上の部屋だ」

背後で、兄の声がした。

栄次郎は母の部屋に行った。

「母上、栄次郎です」

部屋の前で声をかけた。

「お入りなさい」

その声に、栄次郎は襖を開けた。

母の前に、萩絵が座っていた。栄次郎は棒立ちになった。

「お邪魔申し上げておりました」

萩絵は丁寧に辞儀をした。

「あなたがまだ帰っていないので、ここでお待ちいただきました」

母がにこやかな表情で言う。母の態度で、萩絵を気に入ったらしいことがわかった。

「そうですか。じつは、私が萩絵どのを呼んだのです。母上、委細はあとで説明いたします。萩絵どの、私の部屋に」

母から萩絵に顔を向けた。

「はい」

萩絵は素直に頷き、母に向かって深々と低頭した。

自分の部屋で、改めて萩絵と向かい合った。

「驚きました。ここにやって来られるとは思ってもいませんでしたので」

破天荒な娘に、栄次郎は圧倒される思いがした。

「新八どのから、栄次郎さまのお言伝てをお聞きし、すぐにお会いしたく、お屋敷まで案内していだきました」

「ああ、新八さんがここまで」

「はい。私が無理やり案内させたのですから、どうぞ、お怒りにならないで」

萩絵は美しい瞳を向けた。

「いえ、そんなこと気にしていません」

と答えたものの、あとで、母や兄に何と説明するか、そのことを考えると気が重かった。が、今はそんなことは二の次だった。

「萩絵どの。この前はあえてあなたの許嫁のことを、ききませんでした。ですが、今はどうしてもその御方の名前を知りたいのです」

栄次郎は頼んだ。

「何か、おありだったのでしょうか」

栄次郎の真剣な眼差しに、萩絵は不安になったようだ。

「そのことをお話しする前に、あの男の名を」

無意識のうちに、あの御方から、あの男と、呼び方が変わった。そのことに気づいて、萩絵もあっという顔をした。

「わかりました。お話しいたします。あの御方は旗本片山宇右衛門《うえもん》さまの嫡子で、宇《う》一郎《いちろう》さまとおっしゃいます」

旗本片山宇右衛門は七百石の書院番組頭を務める。萩絵の父、湯浅由影の上役に当たるのだという。そして、宇一郎は小姓組番を務めている。

「で、もうひとりおりましたね。侍が。あの男は？」

「あれは……」

萩絵が言い澱み、顔を俯《うつむ》けた。

言いづらいのか。もちろん、その理由は思い至らない。しかし、言いづらいなら、無理にきく必要はない。そう言おうとしたとき、萩絵が顔を上げた。

「あれは、私の兄にございます」

「兄……」

栄次郎は絶句した。

何かきき返そうとしたが、萩絵の辛そうな顔を見て、口をつぐんだ。

栄次郎はしばらく考えていたが、

「萩絵どの。兄上にお会いしたいのですが、どうかお取り計らいくださいませんでしょうか」

「栄次郎さま。いったい、何があったのですか」

萩絵の美しい目が光った。

栄次郎が黙っていると、萩絵が少し表情を強張らせ、

「ひょっとして、新内語りが辻斬りに遭ったということに、関係しているのではありませぬか」

と、迫るようにきいた。

「ご存じでしたか」

栄次郎はため息とともに呟いた。

「兄と片山さまが、あのときの意趣返しをしていると、お思いなのですか」

「いえ。証拠はありませぬ。ただ、川開きの夜の恨みと、賊が言っているのです。そのことが気になるのです」

「兄は、そのような無体なひとではありませぬ」

萩絵がきっぱり言った。

片山某の妹に対する狼藉に対して、兄は何もしなかった。いや、妹を提供した感さえある。そう思ったが、そのことを口にしなかった。

「そのことをはっきりさせるためにも、お会いしたいのです」

「栄次郎さま」

萩絵は悲しげな表情で、

「兄はそのようなひとではありませぬ。もし、そうだとしたら、片山さまに命じられて。そうに決まっています。あの船のことでも、兄は片山さまに命じられて私を……」

「待ってください。ともかく、兄上にお会いしてから」

「わかりました」

萩絵は下唇を嚙むようにして答えた。

「どうすればよろしいでしょうか」

「兄上のお指図どおりにいたします」

相手は旗本である。

「では、さっそく帰って兄に申してみます。栄次郎さまのことを、どのように申せばよろしいでしょうか」

「正直にお話しください。あのとき、乗り込んで来た新内語りは、矢内栄次郎という男であることを」

「わかりました」

萩絵が立ち上がった。

母が出て来て、引き止めたが、萩絵は申し訳なさそうに、

「急ぎ帰らないとなりません。また、改めて来させていただきとう存じます」

萩絵が引き上げたあと、母はとてもうれしそうだった。


栄次郎が、萩絵の兄湯浅由太郎《よしたろう》と会ったのは、その翌日であった。

湯浅由太郎が指定したのは、柳橋の船宿『佐倉屋』だった。

きのうの女将に案内されて二階の部屋に行くと、若い侍が待っていた。栄次郎と同い年ぐらいか。

あの船の舳先に立っていた侍だと、瞬時に気づいた。

「矢内栄次郎と申します」

栄次郎は低頭し、挨拶した。

湯浅由太郎は目を瞠《みは》って栄次郎を見つめ、やがて吐息を漏らしたが、すぐに虚勢を張るように胸を反らした。

あの夜の新内語りだということを、すでに萩絵から聞いているはずだった。

「湯浅由太郎だ。萩絵からどうしてもそなたに会ってくれと頼まれた。いったい、何の用だ」

尊大ぶっているが、目には警戒の色が浮かんでいた。

「先の夜は失礼いたしました」

栄次郎は先日の無礼を謝した。

「いや……」

湯浅由太郎は目を逸らし、

「まさか、武士があのような芸人の真似事をしているとは思わなかった」

と、呟くように言った。

「侍でも、遊芸に精を出す者もかなりおります」

「そなたは道楽者ということか」

「遊芸に精を出す者を道楽者と仰るのなら、そうかもしれません」

「萩絵が道楽者と知り合いになったということか」

湯浅由太郎は薄い唇をひん曲げた。

「無法な振る舞いをなさる武士よりましだと思いますが」

「なに」

湯浅由太郎は気色ばんだ。

「まず、お聞きください」

そう言って、栄次郎は本題に入った。

「この数日間に、新内語りがふたり、何者かに斬り殺されました。下手人は、川開きの夜の恨み、と口にしたそうにございます」

「川開きの夜だと」

湯浅由太郎は眦《まなじり》をつり上げたまま、栄次郎を睨みつけた。

「さようでございます。川開きの夜のことと、下手人が口にしたことで、あの船での一件とが結びついてしまうようです」

「待て。我らが、あのときの意趣返しをしているとでも言うのか」

「いえ」

萩絵の兄と知って、見方が変わったわけではない。湯浅由太郎からは想像したほどの悪い印象は受けなかった。それは目だ。湯浅由太郎の目は澄んでいる。萩絵との血のつながりを物語るほどに、きれいな目をしていた。

もし、川開きの夜の意趣返しだとしたら、片山宇一郎独断であろう。

「片山さまは、萩絵さまの許嫁だとお伺いしましたが」

「そうだ。それをそなたは邪魔をしたんだ」

湯浅由太郎は声を荒らげた。

「お言葉ではございますが、兄たるものが妹御の身をあのような形で……」

「待て」

湯浅由太郎は、開いた手を突き出した。

「あれは……」

「なんでございますか」

「あれは……」

湯浅由太郎は、言い澱んでいる。

「いや。そなたには関係ないことだ。誓って言うが、我らは、そんな意趣返しをするほどの愚かな人間ではない」

「片山さまはいかがですか」

「言うまでもない」

「しかし、萩絵どのに、あのような狼藉を働くお方」

「だから、あれは……」

湯浅由太郎はまた口ごもった。

「一度、片山さまに会わせていただけますか」

「なぜだ」

「新内語りを斬った賊は、あの夜の出来事を知っているのです」

「片山どのは、そのような御方ではないと言っておるではないか」

「それを、私の目で確かめたいのです」

「無礼ではないか」

湯浅由太郎は片膝を立てた。

だが、栄次郎が動じないのを見て、顔をしかめて座り直した。

「片山さまが、あなたさまには内緒で、ひそかに浪人を雇ったとは考えられませんか」

「なぜ、そう言い切ることが出来るのですか」

「そんなことをする御方ではないからだ」

「しかし、片山さまにしたら、許嫁と船遊びを楽しんでいるところを、勝手に乗り込んで来て、許嫁を奪っていった男がいる、ということではありませんか。それが新内語り」

「あり得ない」

うむと、湯浅由太郎は腕組みをして考え込んだ。その表情に、不安の色が浮かんだ。

「あの夜のことが、世間の噂になっていることはご存じですか」

ここぞとばかりに、栄次郎は続けた。

「なんだと」

「誰かがあちこちで喋っているのです」

「我らがそんなばかなことを話すはずはない」

「私たちも同じです。私が心配しているのは、その噂をばらまく人間が、殺しを頼まれた人間ではないかということです」

「そうだとしたら何だ?」

「いや、まだはっきり申し上げられません。ただ、片山さまが、その殺しを依頼した浪人に弱みを握られてしまうという心配があります。ともかく、片山さまにお会いして、確かめたいのです」

湯浅由太郎は何か言いかけたが、思い止まったように口をつぐんだ。そして、しばらく何事かを思い悩んでいたようだが、

「わかった。なんとかしてみよう」

と、力のない声で答えた。

ひょっとしたら、片山どのが……と、疑いを持ちはじめたのかもしれない。

「数日後に連絡する」

「まず、片山さまには、あのときの新内語りが、この矢内栄次郎であることをお伝えください」

「そなた、萩絵をどうするつもりだ?」

「どうするつもりとは?」

栄次郎は逆にきき返した。

「ええい、もういい」

湯浅由太郎は、憤然として先に部屋を出て行った。

直情径行の気質が窺えるが、湯浅由太郎は嘘をついたり、駆け引きをするような男

には思えなかった。

栄次郎は立ち上がって引き上げようとした。と、そのときになって、ここの勘定がどうなっているのかが気になった。

湯浅由太郎は不愉快そうに帰ってしまった。あの様子ではお金を支払っていたかどうか不安だった。

栄次郎は財布を出した。軽い。

呑み食いはしておらず、ただ部屋を借りただけだが、いくらいるかわからない。

すぐに手を叩いて女将を呼んだ。

勘定のことを言うと、湯浅さまからいただいておりますと、女将は答えた。

ほっとしてから、

「そうそう、きょうは船頭の安蔵さんは来ていますか」

と、栄次郎はきいた。

「それが」

女将が細い眉を寄せた。

「来ていないのですか」

「ええ。若い者に住まいに様子を見させにやったのですが、留守だそうで」

栄次郎に、ふいに翳ったように、不安が差した。

八

翌日、栄次郎が駆けつけたときには、すでに死体は橋番屋に運ばれていた。

安蔵の様子をきくために、船宿の『佐倉屋』に行くと、女中が土左衛門が上がり、安蔵らしいという知らせに番頭が飛んで行ったと話した。

橋番屋に行くと、繁蔵親分が出て来た。

「親分。死人はわかったんですか」

「さっき番頭さんに確かめてもらいやした。船頭の安蔵です」

「死因は？」

「袈裟懸けに斬られておりやした。三日ほど経っている感じでした。こんなに船が出ているのに見つからなかったのは、石をくくりつけられ、川の底に沈んでいたからでしょう」

そこで、繁蔵が胡乱《うろん》そうな顔をした。

「栄次郎さまは、いつも殺しの現場に顔を出しますね」

「そう言われれば、そうですね」

栄次郎はちょっと困った顔をした。繁蔵の目はますます疑惑の色に染まっていく。

「先に殺されたふたりは新内語りでした。ところが、今度は船頭ですぜ。どうして、なんですかえ」

「親分が訝《いぶか》しがるのはもっともです。じつは、この安蔵は……」

栄次郎はそこで言葉が止まった。が、とっさに考えをまとめて、

「先日の川開きの夜、私が新内流しの手伝いに出たとき、新内の注文を受けた客の船の船頭だったんですよ。そのとき、安蔵さんはずいぶん新内語りの私たちに興味を持ちましてね。それで、自分も新内を習ってみたいと」

疑い深そうにきいていたが、繁蔵は急に顔つきを変え、

「栄次郎さま。じつは、『川開きの夜に云々』という噂の出所が、どうも安蔵らしいんですよ」

と、探るように栄次郎の顔を見た。

「栄次郎さま。何か、知っているんじゃありませんかえ」

「いえ」

そこに同心がやって来たので、繁蔵は同心とともに橋番所に入って行った。

栄次郎は蔵前通りを引き上げた。

浅草御蔵の前にさしかかったとき、栄次郎はつけられていると思った。ずっと後頭部に何か粘りつくようなものを感じていたのだ。

金魚売りとすれ違ったとき、金魚に見とれたふりをして行き過ぎる金魚売りを目で追い、さりげなく後方に目をやった。

通行人が多く、尾行者はわからない。供を連れた武士や職人、女太夫など、たくさんのひとが行き来している。

再び、栄次郎は歩きはじめた。やはり、つけて来る。栄次郎はあえて黒船町を過ぎ、駒形町まで行き、駒形堂に入った。

そして、境内の樹木の木陰に身をひそめた。しばらくして、編笠を被った武士が行き過ぎて行った。

尾行していたのが、その武士かどうかはわからない。

その武士が並木町から雷門のほうに去ってから、栄次郎は黒船町に戻り、お秋の家に行った。

出てきたお秋のつんとした顔で、栄次郎は萩絵が来ているのを察した。

栄次郎は無意識のうちに梯子段を駆け上がっていた。

障子を開けると、まさしく萩絵が待っていた。

「お待たせしました」

栄次郎は刀掛けに刀をかけた。

「栄次郎さま」

萩絵は訴えかける目になった。

「どうなさいました」

強張った顔の萩絵に、栄次郎は胸が騒いだ。

「兄が、ゆうべ父上に祝言の日取りを早めるように進言しておりました」

栄次郎は無意識のうちに拳を握りしめていた。

「私はあんな男の妻になりとうはありませぬ」

珍しく、萩絵は泣きそうな顔になった。

強い陽を浴びて輝く大輪の花のような萩絵が、雨に打たれた紫陽花のように可憐に耐えている。

覚えず、栄次郎は萩絵の肩に手をかけた。

「萩絵どの。私がなんとかします」

「栄次郎さま」

萩絵はすがりついて来た。その体を受け止めながら、なんとかしますとしか言えなかった自分に、栄次郎は忸怩《じくじ》たる思いがした。

そのとき、梯子段を上がって来る足音がして、あわてて栄次郎は萩絵から離れた。

廊下にお秋の声がする。向こうの部屋に客が入ったようだ。男女が睦み合う声を萩絵に聞かせてはならぬと、栄次郎は萩絵を外に連れ出した。

大川の川岸に下りた。

「私、思い切って家を出ようかと思います」

「お父上や兄上が、あとで困ることになりませんか」

「構いません」

「兄上とお会いしましたが、私にはよい兄上のように思えました。あなたのことをほんとうに思っているように感じられました」

「でしたら、あのような男に嫁がせようとはしないはずです」

萩絵は悲しげに言う。

「片山どのにお会い出来るよう、兄上に頼んであります。私がそこで、片山どのにあなたのことをはっきり言うつもりです」

「なんて」

萩絵が目を輝かせた。

「萩絵どのは、あなたには渡さないと」

「はい。うれしゅうございます」

「それまで、兄上を刺激なさらないように。家を出るなどと口にしては、あなたの行動に見張りがつけられてしまうかもしれませんから」

「わかりました。栄次郎さまを信じてお待ちしております」

萩絵は素直になった。

いつものように、女中の待っている駒形町の水茶屋まで萩絵を送り届け、駕籠に乗るのを見届けてから、栄次郎はお秋の家に戻った。

栄次郎は気持ちが弾んでいた。萩絵と心が通じ合った。

弾んだ気持ちで三味線を構えると、向こうの部屋からまた女の忍び泣きが聞こえてきた。萩絵を送り出してよかったとほっとしてから、萩絵とのことを考えた。

萩絵に三味線弾きの妻が務まるであろうか。いや、萩絵を娶るならば、栄次郎もそれなりの覚悟をしなければならないだろう。

大御所と会うことも延ばし延ばしになっていたが、この際、思い切って会って、どこかに養子先を見つけてもらおうか。

旗本の湯浅家に釣り合う家柄に養子に入り、改めて萩絵を妻に迎える。片山家が何か言ってきても、大御所のご威光で押さえつけられるだろう。

そう思ったとたん、雷鳴のような轟音が耳元で炸裂した。窓の外は青空だ。雷鳴ではなかった。

心の中で、もうひとりの栄次郎が怒鳴ったのだ。

(大御所のご威光だと。ふざけるな、栄次郎)

心の声が栄次郎を激しく叱った。

人間の値打ちは、家柄や役職で決まるものではない。そう思っているから、尾張六十二万石の太守の座より、三味線弾きの道を選んだのではないのか。己の好きな道を全うする。それがひととしての生き方だと思っていたのではないのか。

それを好きな女といっしょになりたいがために、大御所の威光を利用し、湯浅家に釣り合う家柄に養子に入ってから、改めて萩絵を妻に迎えるだと。ふざけるな、栄次郎。

心の声は栄次郎を容赦なく責めた。私は萩絵どのが好きなのだ。どうしてもいっしょになりたい。でないと、萩絵は心ならずも片山宇一郎のもとに嫁がなければならないのだ。栄次郎はそう反論した。

好きな女のためなら、自分の信条を曲げてもいいのか。おまえがもっとも嫌っていた格式にとらわれる生き方をしても構わないのか。違う、そうではない。ただ、萩絵を助けるためにには。黙れ。おまえの正義とはその程度のものだったのか。

栄次郎の中で、二つの心が激しく競い合っていた。

覚えず、栄次郎は三味線を膝から落とした。鈍い音とともに、三の糸がぷつんと切れた。

栄次郎は糸の切れた三味線をそのままにし、刀を持って部屋を出た。

「栄次郎さん。どうなさったのですか」

お秋が驚いたように声をかけたが、耳に届かなかったように、栄次郎は土間を出て行った。

栄次郎は土手下に下りた。夏草を踏み、広い場所に出た。

日盛りは過ぎたが、陽光がまともに栄次郎を直撃している。腰に刀を差し、栄次郎は居合腰になった。

鯉口を切り、右手を柄に添える。腰を落としてから、足を踏み込み、伸び上がるように、えいっという激しい気合とともに抜刀した。すぐに頭上で刀をまわして鞘に納め、再び、居合に構える。

心の中の邪念を斬り捨てるように、栄次郎は刀を鞘走らせた。刀を鞘に納めては、またも抜刀する。それを何度も繰り返した。

栄次郎の額から汗が垂れ落ちる。疲れから目が霞んできた。それでも、栄次郎は刀を抜いた。

土手の上に、おゆうが立って、ずっと栄次郎を見ていたことにも気づかなかった。

おゆうが来たことを知ったのは、お秋の家に戻り、庭で体を拭き終えたあとだった。

「おゆうさんが来ましたよ」

お秋が口許に冷笑を浮かべた。

「もう少し早く来れば、あの御方にお目にかかれたのにね」

あの御方とは萩絵のことだ。

お秋の皮肉にはつきあわず、夕餉を馳走になって、栄次郎はお秋の家を出た。

夜になっても、町は賑やかだった。通りに縁台を出し、団扇を片手に町のひとは涼んでいる。

下谷広小路にさしかかったが、露店が並び、その前でも何人もの男女が涼んでいる。

足元の影がはっきり見えるほど、月が皓々とした光を地上に落としている。

栄次郎は湯島の切通しの坂を上った。犬の遠吠えが聞こえて、人通りも少なくなっていた。

片側が寺の塀という寂しい場所に出たとき、ふと前方の松の木陰の暗がりから黒い影が月明かりの中に現れた。

覆面の侍だ。栄次郎は足を止めた。かなたに小さく辻番小屋の提灯の灯が見える。

「矢内栄次郎だな」

覆面の侍がきいた。

「この前の辻斬りか」

栄次郎は鯉口を切った。

「川開きの夜の遺恨を晴らしてもらう」

覆面の侍は抜刀し、正眼に構えた。

「誰に頼まれた?」

刀の柄に右手をかけて、栄次郎はきいた。

相手は無言で間合いを詰めてきた。風が足元を吹きつけた。

剣先が触れ合う間に入り、相手の気が高まってきたのを感じた。撃ち合いの間に入るや、相手は上段に構えを移し、激しく斬り込んできた。栄次郎の刀が鞘走った。

相手の剣が栄次郎の眉間を襲い、栄次郎の剣は相手の胴を狙った。すれ違ったとき、相手の衣服を剣先が掠めた。

再び、相手は正眼に構えをとった。栄次郎は刀を鞘に納め、居合腰に構えた。

徐々に間合いが詰まる。いよいよ斬り合いの間に入った瞬間、相手が跳んだ。栄次郎は腰を十分に落とし、伸び上がるように抜刀した。

栄次郎は頭上で相手の剣を払い、返す刀で着地したばかりの相手の脾腹を狙う。

再び、衣服を掠めた。相手は三たび正眼に構えたが、明らかに戦意を喪失しているのがわかった。

刀を鞘に納め、栄次郎は相手に迫る。

「誰に頼まれたのだ。言え」

後退った賊を、寺の塀に追い詰めた。

そのとき、背後から地を擦る足音がした。栄次郎は刀の柄に手をかけた。足音の主が迫ったとき、栄次郎は振り向きざまに抜刀した。

が、同時に追い詰めていた覆面の侍が栄次郎に斬りかかった。相手の剣を弾《はじ》きながら栄次郎は横に跳び、剣を横にないで、覆面の侍の攻撃をかわした。

栄次郎が態勢を立て直す間に、ふたりの賊はそれぞれ反対方向に逃げて行った。

栄次郎は呼吸を整え、刀を鞘に納めた。

栄次郎は、怒りの目を賊の逃げた闇に向けた。

「片山宇一郎……か」

屋敷に戻り、庭の車井戸で釣瓶《つるべ》に水を汲み、口に流し込んだ。

あの覆面の男は、矢内栄次郎と知って襲ったのだ。湯浅由太郎から、あのときの新内流しが栄次郎であることを聞いたのだろう。もはや、背後で片山宇一郎があの賊を操っているとみて間違いない。

栄次郎は汗を拭き取ってから、部屋に入った。

寝間着に着替えてから、栄次郎はまたさっきの賊のことを考えた。

矢内栄次郎であることを確認し、川開きの夜の遺恨だとはっきり言った。これで、栄次郎以外の新内語りを襲ったりしないであろう。

その点では一安心だが、栄次郎はふとひんやりした空気が流れてくるような気がした。蒸し暑い夜で、冷たい風が吹いているわけではないのに、一瞬寒いような錯覚に襲われたのだ。

その理由はわからない。萩絵のことが気がかりなのだろうか。

片山宇一郎に殺しの嫌疑がかかれば、湯浅由太郎も何らかのお咎めをこうむるかもしれない。そのことの危惧だろうか。いや、湯浅由太郎もまったく無関係ではないのではないか。

安蔵はなぜ、殺されたのか。おそらく、噂を流したこともそうだが、新内語りふたりを殺した事件の真相を知っているのは安蔵だからであろう。

すべては、片山宇一郎と会ってのことだ。

九

片山宇一郎と会ったのは、その翌日のことだった。

今度は小石川のある寺の庫裏に部屋を借りたという。片山家の菩提寺で、宇一郎も住職とも親しくしているようだ。

円形の窓から庭に咲く紫陽花が見える。

栄次郎がこの部屋に案内されたとき、まだ片山宇一郎は来ていなかった。庭を眺めながら暇を潰していると、約束の刻限に半刻（一時間）近く遅れて、湯浅由太郎がやって来て、その後ろから片山宇一郎が強張った顔で入って来た。

栄次郎はふたりを低頭して迎えた。

向かいに腰を下ろすなり、

「こちらが片山宇一郎さまだ」

と、湯浅由太郎が紹介した。

「片山宇一郎です」

矢内栄次郎ですと言い、改めて片山宇一郎の顔を見た。

面長の色白で、眉が濃く、目鼻だちがはっきりしているが、どこか気弱そうな表情だ。

「先日は船の上で失礼仕りました」

栄次郎はあえてそう切り出した。

怒り出すかと思っていると、片山宇一郎はもじもじしながら、

「いや、見苦しいところを見られて、お恥ずかしい限りだ」

と、消え入るような小さな声で言ったのだ。声だけでなく、体も小さくしていた。

「片山さま。あれは私が唆《そその》かしたこと。片山さまは少しも悪くはありません」

湯浅由太郎がむきになって言う。

「いや。私の責任だ。すっかり、萩絵どのに嫌われてしまった」

片山宇一郎は、栄次郎に顔を向け、

「そなたにかえって迷惑をかけてしまったと思っている。このとおりだ」

と、頭を下げた。

栄次郎は一瞬、この男はとんだ食わせ者だと思った。だが、その涼しげな目元を見ているうちに、不思議な感覚に襲われた。

昔から知己を得ている男のような気がしてきたのだ。

「栄次郎どの。由太郎から聞いたが、新内語りがふたり、斬り殺されたとか。川開きの夜の遺恨ということだが、私は知らない。いや、こう申しても、なかなか信じてもらえまいな」

片山宇一郎は落胆したように言い、湯浅由太郎の顔を見た。

「栄次郎どの」

湯浅由太郎が膝を進めた。

「そなたは、辻斬りが、『川開きの夜の意趣返しだ』と言って、新内語りを斬ったと話したな。もし、我らが下手人なら、わざわざそんなことを言うはずがない」

そのとおりだ。なぜ、賊はそんなことを口走ったのか。

栄次郎は、片山宇一郎の好人物然とした雰囲気に、騙されてはだめだと自分に言い聞かせた。

だが、その思いとは別に、片山宇一郎からは、刺《とげ》のようなものは感じられない。いや、この男は天性のいかさま師かもしれない。

栄次郎は己に問うた。俺は澄んだ心で、このふたりを見ているのだろうか。片山宇一郎が悪人であれば、萩絵を奪うことに後ろめたさはなくなる。そういう身勝手な理由で、ふたりを判断しようとしていないか。

「船頭の安蔵が殺されたのをご存じですか」

「『佐倉屋』の安蔵か」

湯浅由太郎が眉根を寄せた。

「そうです」

「なんてことだ」

片山宇一郎は、怒りとも悲しみともつかない顔つきになった。

「由太郎。やはり、栄次郎どのに我らの潔白をわかっていただくのは難しそうだ。安蔵が生きていてくれたら、なんとかなったかもしれないが」

片山宇一郎は、膝に置いた手を握ったり開いたりしている。

もし、片山宇一郎の仕業ではないとしたら……。

栄次郎は改めてそのことを考えた。あの川開きの夜、もうひとつ別に、同じような武士と新内語りの諍《いさか》いがあったとは考えられない。

第一、安蔵が殺されていることからも、賊の言っていた「川開きの夜の意趣返し」とは、栄次郎と片山宇一郎とのことだ。

「あの『佐倉屋』を利用している武士を、どなたかご存じですか」

栄次郎は思いついてきいた。

「そう言えば、あの夜、我らが『佐倉屋』から船に乗ったとき、屋形船に田辺《たなべ》さまが乗っていらっしゃったな」

片山宇一郎が思い出して言う。

「そうでした。安蔵が、大津屋といっしょだと言っていました」

「大津屋というのは、材木問屋の？」

最近、大津屋という名前を、どこかで聞いたことがある。

「そうだ。大津屋は作事奉行の田辺弥左衛門《やざえもん》さまを花火見物に接待した。芸者もいっしょでな。大津屋はだいぶ田辺さまに取り入っているようだ」

作事奉行と材木問屋。栄次郎はきな臭いものを感じた。さらに、何かが栄次郎に訴えかけている。

(富士松松太夫のお弔いだ)

栄次郎は思い出した。

大津屋の座敷で新内を語ったあと、酒を勧められて酔いつぶれて眠ってしまったと言っていた。その座敷には、田辺弥左衛門がいたのかもしれない。

考え込んでいる栄次郎に、

「いずれにしろ、我らの潔白をなんとしてでも晴らしたい。栄次郎どの、どうすれば、わかってもらえるか、教えていただきたい」

片山宇一郎は、真剣な眼差しできいた。

こんなおっとりした男が、萩絵にあのような狼藉を働こうとしたことが、信じられなかった。

「もしかしたら、これには裏があるかもしれません。私に少し調べさせてください」

「わかった。そなたに任せよう。私は逃げも隠れもせぬ」

片山宇一郎はきっぱりと言う。

違う。この男ではない。栄次郎は確信した。と、同時に、片山宇一郎に対する印象がまったく違ってきていることに、微かな狼狽を覚えた。もっと、いやな奴であって欲しかった。

「では、私は先に引き上げる。用があれば、いつでも呼び出してくれ」

そう言い、片山宇一郎は部屋を出て行き、湯浅由太郎もあとを追った。

栄次郎が腰を浮かせかけたとき、湯浅由太郎が戻って来た。

さっきの場所に腰を下ろすなり、

「栄次郎どの。聞いてくれ。あの夜のことだ」

と、湯浅由太郎は真顔になった。

「片山さまはご覧のとおりの御方だ。萩絵に一目惚れしたものの、萩絵の前ではまったく意気地がなくなる。萩絵はそんな優柔不断な片山さまを頼りなく思われている。片山さまには萩絵に対してもっと強く出るように言っているのだが、性分としてそれが出来ない。歯がゆいので、あの船の上で、萩絵にもっと強く迫るように言ったのだ。そなたが考えるような、ひどいことをさせようとしたのではない。手を握り、抱きしめてしまえば、こっちのものという気持ちだったのだ。そうしろと、私が片山さまを唆かしたのだ。片山さまは、そなたが考えるような傲岸な男ではない」

湯浅由太郎は、息継ぎをし、

「私は萩絵が可愛い。萩絵のようなお転婆な娘には、片山さまのような御方が相応《ふさわ》しいと思っているのだ。片山さまは格式などにこだわらず、どんな人間とも対等に接する。そんな男なのだ。妹の幸せを願わぬ兄などおるまい」

言いたいだけ言って、湯浅由太郎は去って行った。妹を思い、片山宇一郎を尊敬している心情があふれていた。

確かに、片山宇一郎は、湯浅由太郎の言うような男かもしれない。小姓番組は書院番と同様、幕府の重要な役職につく有望な任務である。

栄次郎はしばらくそこにいたが、何も考えることが出来なかった。

四半刻（三十分）ほどしてから、ようやく我に返り、栄次郎は立ち上がった。

それから、栄次郎は三ノ輪にまわった。

川開きの夜、萩絵を助けたことがほんとうによかったのかどうか、今になって疑問に思えた。

よけいなお節介を焼いたばかりに、あたら三人の命が奪われる羽目になったのだ。

富士松松太夫の家を訪れると、妻女が荷物を片づけていた。

仏壇に手を合わせてから。栄次郎は妻女と向かい合った。

「ここを引き払うのですか」

「はい。ある御方の世話で、池之端で常磐津《ときわず》を教えようと思っています」

「失礼ですが、ある御方とは？」

「大津屋さんです」

「大津屋さん、ですか」

栄次郎はますます疑いを深め、

「なぜ、大津屋さんがそこまでするんですか」

と、妻女の整った顔を見た。

「大津屋さんは松太夫を贔屓《ひいき》にしてくださっていました。そういうことから、私のことも何かと面倒を見てくだすったんだと思います」

「松太夫さんは、最近悩んでいたようですね。その理由に何か思い当たることはありませんか」

「さあ」

「一度、大津屋さんの座敷で、酔いつぶれてしまったということがあったそうですね」

「はい」

「それからではないのですか。松太夫さんがふさぎ込むようになったのは……」

「わかりません。でも、それが何か」

妻女は心持ち眉を寄せて言った。

「おかみさんは、松太夫さんがひと違いで殺されたとお思いですか」

「えっ。どういうことですか」

妻女の目に、怯えの色が浮かんだ。

「下手人は、はじめから松太夫さんを殺すのが目的だったのだと、思います。その理由を隠すために、川開きの夜の遺恨のことを持ち出したのです」

川開きの夜のことを話すと、妻女は顔を強張らせた。

「富士松蝶太さんは、松太夫さん殺しの動機を隠すために、殺されたのです。さらに、事情を知っている船頭の安蔵までも殺《あや》めました」

安蔵から侍と新内語りの揉め事を聞き、大津屋はそれを利用して松太夫を殺したのに違いない。

「おかみさん。どうですか。何か思い当たることはありませんか」

「まさか……」

「まさか、何ですか。教えてください」

妻女は俯いた。

「松太夫は大津屋さんのお座敷に呼ばれ、酔いつぶれて眠ってしまったそうです。そして、喉が乾いて目が覚めたとき、隣りの部屋で大津屋さんと作事奉行の田辺弥左衛門さまが、顔を寄せ合って話し合いをしており、襖を開けたとき、ふたりから恐ろしい顔で睨みつけられたと」

「その内容は？」

「話してくれませんでした。それから、松太夫はふさぎ込むことが多くて……」

密談を聞かれたと思ったのだ。そのために、大津屋は松太夫の口を封じる必要があった。だが、そのまま殺してしまっては、大津屋とのことに結びつけられかねない。そこで、たまたま船頭の安蔵から聞いた、川開きの夜の出来事を利用した。そうに違いないと、栄次郎は思った。

「おかみさん。大津屋さんの世話にはならないほうがよろしいかと思います」

場合によっては、妻女の口封じを図るかもしれない。

その夜、栄次郎はお秋の家で、崎田孫兵衛がやって来るのを待った。

遅い時間に、孫兵衛がやって来た。

「屋敷に戻ったら、急の呼び出しだ。いったい、何があったのだ」

「申し訳ありません。私がお呼びしたのです」

栄次郎は顔を出した。

「なに、そなたが」

露骨に顔を歪めた。

「崎田さま。例の新内語り殺しの件で、ご相談したいことがあります」

「またか。そなたは、居候の分際で、何かと私に頼みごとをする」

崎田孫兵衛の抗議の声を無視し、

「作事奉行田辺弥左衛門さまと、材木問屋の大津屋とのことで、何か奉行所のほうで摑んでおりませんか」

と、真剣な口調できいた。

「なに、作事奉行と大津屋だと」

崎田孫兵衛の顔が急に引き締まり、同心支配掛かり与力の顔になった。

「何か」

「『大津屋』は、娘婿が主人になってから急に伸《の》してきた材木問屋だ。かねてから、作事奉行との噂があったが、とくに確証も摑めずにいた」

「やはり、大津屋のことは崎田さまのお耳にも」

「うむ。じつは去年の川越で起きた火事の復興の際に、『大津屋』からの材木が、大量に使われた。それは、作事奉行の意向が働いていたという噂が立った」

　崎田孫兵衛はじろりと栄次郎の顔を睨みつけた。

「そのことと、新内語りの事件は、関わりがあるのか」

「新内語りの富士松松太夫が、ふたりの密談を耳にしたことがきっかけだと思います」

　松太夫が酔いつぶれた一件から、川開きの夜のこと、さらにそのことを利用して、松太夫を殺した疑いがあることを、栄次郎は話した。

「しかし、証拠がない」

「証拠は、松太夫らを斬り、さらに私を襲った浪人です。剣を交えれば、あのときの浪人かどうかわかります」

「無理だ。ことは作事奉行にまで及ぶかもしれないのだ。明らかな証拠もないのに、めったな真似は出来ん」

「崎田さま。私が大津屋に乗り込みます」

「なんだと」

「そこで、大津屋の出方を見れば……。いいですか。大津屋は何かを企んでいるのです。松太夫を殺したのは、その計画を実行に移すのに邪魔だからです。ということは、近々、何かが起こる」

「なんだ、何かとは」

「わかりません。ただ、大津屋が利益を上げるのは、川越のように火事だとしたら」

「なんだと。大津屋はどこかに火を放つというのか」

崎田孫兵衛は呆然と言った。


翌日の夜、五つ半（九時）をまわっている。栄次郎は深川材木町の『大津屋』の前にやって来た。

表の戸は閉まっている。栄次郎が横の路地に向かうと、そこの暗がりから新八が出て来た。

「大津屋はおりますぜ。離れに、浪人がふたりと、ごろつきどもが三人」

「よし」

栄次郎は、油堀の川岸で待っている岡っ引きの繁蔵の傍に行き、

「これから踏み込みます。騒ぎが起こったら踏み込んでください」

「わかりやしたぜ」

繁蔵が腕まくりをして言う。

栄次郎は再び『大津屋』の表戸に向かった。

戸を叩き、ごめんと、栄次郎は大声を出した。

覗き窓が開いた。

「矢内栄次郎と申す。大津屋どのに会いたい。大事な用だ」

覗き窓の目が引っ込んだ。

しばらくして、潜り戸が開き、番頭らしき男が顔を出した。

「どうぞ」

栄次郎は刀を腰から外し、右手に持ち替えて、番頭のあとについて、通り庭から内庭に出た。

庭石を伝って行くと、灯の点いた部屋があり、そこに恰幅のよい男が待っていた。

「どうぞ」

番頭は沓脱《くつぬぎ》石から廊下に上がるように言った。

栄次郎は座敷で、大津屋と差し向かいになった。

「矢内栄次郎と申す。少し、お訊ねしたいことがあって、夜分に無礼と知りながら罷《まか》り越しました」

大津屋は笑みを漂わせ、

「なんでございましょうか」

と、太い声できいた。

「富士松松太夫殺しの件でござる」

「さて、何のことやら」

「あなたの命令で、蝶太という新内語りと、船頭の安蔵までが殺されているのです。もはや、とぼけても無駄ですよ」

「とぼけるなどと。私には何のことか、さっぱりわかりません」

「そうですか。離れにいる浪人に会わせていただけますか。覆面をしておりましたが、一度剣を交えた折り、一カ所、傷をつけておきました。それを確かめれば、私を襲った賊であるかどうかわかります」

「無体な」

「いや。何の罪もない三人の命が、無残に奪われているのです。それに、このあと、何か大きな企みが仕組まれているやもしれぬとしたら、少しばかり強引な手段に出なければならないのも止むを得ないものと考える」

栄次郎を刀をとり、片膝立ちになって刀を腰に差した。

「私は居合を少々嗜《たしな》みます。動かないでください。動けば、その首が胴体から離れることになります」

「そんな威《おど》しに乗る大津屋だと思いますか」

大津屋は余裕を見せた。

「威しだと思いますか」

栄次郎は鯉口を切った。そして、右手を刀の柄に添え、居合腰になると、大津屋の顔つきが変わった。

「動くな、動けば斬る」

栄次郎は鋭い声で言い放つ。

栄次郎は気を込めた。大津屋は身動《みじろ》ぎしない。大津屋の顔に冷や汗が流れた。

庭でひとの気配がした。

「出て来たか」

栄次郎が呟くと、大津屋は後ろに倒れ込んだ。そして、すぐに起き上がると、

「斬れ。斬るんだ」

と、怒鳴った。

その声を合図に、ごろつきが匕首《あいくち》を構えて躍り込んで来た。獰猛な顔つきの三人が

三方から迫る。

「怪我をしたくなくば引け」

栄次郎が鋭く言うと、三人は一瞬臆したようだが、中のひとりの大柄な男が、血気に逸《はや》って匕首を突き出した。それにつられたように、ほかのふたりも栄次郎に躍りかかった。

それより素早く、栄次郎の刀が鞘走った。まず、最初に突っかかってきた大柄な男の匕首をすくい上げて弾き、返す刀で右から襲ってきた男の手首を叩き、すぐに左に跳んで三人目の男の匕首を撥ね飛ばした。

それは一瞬の間のことだった。

怯えている三人を残し、栄次郎は庭に下りた。

ふたりの浪人がいた。ひとりは髭面の男、もうひとりは細身の男だ。

髭面の男が刀を正眼に構えていた。その髭面の背後に、細身の男が隠れた。

「先夜の覆面の御仁だな」

栄次郎が看破して言う。

相手は正眼に構えた。栄次郎は居合腰で構える。

間合いが詰まった。打つ間に入った瞬間、髭面の男の背後にいた浪人が刀を栄次郎に向かって投げた。

栄次郎は抜刀し、飛んで来た刀を弾いた。が、そのときには髭面の剣が振り下ろされていた。

栄次郎は左手で小刀を抜き、髭面の剛剣を受け止めた。ぐいと押し込んできたのを押し返し、相手が飛び下がって離れようとした寸前に、栄次郎は右手の剣を相手の喉元に突きつけた。

「動くな。動けば、喉が掻き切られる」

切っ先が喉に当てられている。

「新内語りと、船頭の安蔵を殺したのはおぬしだな。言え、言うんだ」

切っ先が喉に触れた。

「そうだ」

浪人が吐き捨てた。

「誰に頼まれた?」

「大津屋だ」

そのとき、襖を踏み破る音がした。大津屋があわてて逃げようとして、襖を倒したのだ。だが、廊下に繁蔵がやって来ていた。

庭からも、同心に率いられて、町方が駆け込んで来た。


十日後、三味線を弾いていると、お秋がやって来て、

「萩絵さまがお見えですよ」

と、少し突慳貪に言った。

「きょうはお部屋に上がらないそうです」

「わかりました」

三味線を片づけ、栄次郎は階下に行った。

萩絵が待っていた。その顔を見て、胸が締めつけられるような切なさに襲われた。

黙って外に出て、土手を上がり、大川の辺《ほとり》に下りた。

「もうひと月が経ちますね」

萩絵が呟くように言う。

川開きの夜から、ひと月。いや、萩絵が言うのはふたりの出合いからであろう。

「先日、片山さまから、あなたを縛るつもりはないと言われました。婚約を白紙に戻してもよいとのことです」

栄次郎の胸に、抉られるような痛みが走った。

「私はお待ちしておりました。栄次郎さまを」

萩絵の目が光った。

「萩絵どの。私は……」

「仰らないで」

萩絵は顔を背け、波打ち際に数歩寄った。

しばらく背中を向けていたが、ようやく振り向いた顔には、頬まで涙がかかっていた。

「私、片山さまに輿入れすることにいたしました」

心を決めていたにも拘わらず、栄次郎は一瞬意識が遠退くのを感じた。すぐには返事が出来ず、萩絵の顔をじっと見つめた。

大津屋が、ごろつきを使って日本橋南の一帯を、焼け野原にしようと企んでいたことが明らかになり、そのことを偶然に知ってしまった新内語りの富士松松太夫の口封じを図ったのが、今回の事件のきっかけだった。

作事奉行田辺弥左衛門に、どこまで迫ることが出来るかわからないが、ともかく事件は終結した。

そのことに、栄次郎が萩絵を助けたことが利用されたのだとしても、結果的には三人の命が失われた。

それより、自分は片山宇一郎を疑ったのだ。そのことに、栄次郎は苦しんだ。あの船での出来事は、栄次郎が考えているようなことではなかったのだ。

片山宇一郎に会ったとき、栄次郎はこの男なら信用出来る。萩絵を託せる男だと思った。

「片山さまは素晴らしい御方です。どうぞ、末永くお仕合せに」

栄次郎は堰き切る思いをこらえ、萩絵の顔を見た。

「栄次郎さまもお達者で。栄次郎さまのお母上によろしくお伝えください。また、お邪魔するという約束を果たせなくなりました」

萩絵が悲しげな笑みを浮かべた。

「駕籠までお送りいたしましょう」

栄次郎は深いため息とともに言った。

「いえ、ここでお別れしとう存じます。栄次郎さまと出会った川の傍で」

そう言い、萩絵は土手を上がり、途中立ち止まったが、振り返ることなく去って行った。

今ならまだ間に合う。そういう声が聞こえた。だが、栄次郎はかぶりを振った。

もう終わったのだ。悲しみを忘れさせようとするかのように、みんみん蟬が鳴き出した。だが、その鳴き声もどこか弱々しかった。

夏の終わりと、栄次郎の恋の終わりを惜しむかのように、悲しく響いた。

第三話　兄の窮地

一

秋風が心にしみ入るようだ。

栄次郎は窓のてすりに寄りかかり、土手を虚ろな目で眺めていた。

御厩河岸の渡し船が、川の真ん中に達していた。秋の空は悲しいまでに青く澄んでいた。

すすき売りの声が遠ざかると、再び虫の音が聞こえた。

仲秋の名月も過ぎ、秋はいよいよ深まっていく。

ちょっと前に、湯浅由太郎が帰ったばかりだった。ふいに現れて驚いたが、湯浅由太郎は萩絵の輿入れ、祝言が無事に終わったことを告げに来たのだ。

「萩絵どのはいかがでしたか」

栄次郎は切ない思いできいた。

「兄の私から言うのも妙だが、まことに美しい花嫁であった」

湯浅由太郎は、その姿を思い浮かべたように笑みを浮かべたが、すぐに口許を引き締め、

「きょうお伺いしたのは萩絵から頼まれたのではありませぬ。片山さまから、ぜひ栄次郎どのにお伝えしてくれと」

「片山さまから」

「そうです。必ず、萩絵を仕合せにする。そう約束をすると、伝えてくれと申しつってきました」

「片山さまなら安心です、とお伝えください」

「わかりました。萩絵からは何も言付かっておりません。ただ、こう申していた。栄次郎さまと出会って仕合せでしたと」

その萩絵の言葉を残して、湯浅由太郎は引き上げて行った。

栄次郎はずっとそこに佇んでいた。気がつくと、外はまだ明るいのに、部屋の中は薄暗くなっていた。

それでも栄次郎は、まだ窓の外を眺めていた。いや、目には何も入っていなかった。ときおり、川開きの夜の出来事を脳裏に蘇らせては胸の苦痛と闘っていたのだ。

もう過去のものとし、記憶の奥に沈めたと思っていたが、湯浅由太郎が来たことによって、再び萩絵への思慕が浮かび上がってきてしまったのだ。

萩絵の祝言が無事に終わった。もう片山宇一郎の妻だ。二度と、萩絵が栄次郎のもとに戻ることはない。

萩絵と別れたあと、母からきかれたことがある。今度、いつ萩絵さんが見えるかしら。母は待ち焦がれているようだった。それに対して、栄次郎は答えることが出来なかった。

お秋の声がして、障子が開いた。

お秋が行灯に灯を入れようとしたので、

「お秋さん。帰りますから灯は結構です」

と、栄次郎は窓辺から離れて言った。

「えっ。もう、お帰りに？」

お秋は表情を曇らせた。

「すみません。ちょっと用事を思い出して」

「そう、残念だわ。今夜は、これが来ないので、栄次郎さんとゆっくり夕餉でもと思ったんだけど」

親指を立てたまま、お秋は気落ちしたように言う。

崎田孫兵衛のことだ。お秋は崎田孫兵衛のことをぞんざいに言い、また崎田孫兵衛もここにやって来たときには鼻の下を伸ばし、お秋に頭の上がらない中年男を演じている。だが、崎田孫兵衛は奉行所では同心支配掛かりという高い役に就いている。この同心支配から町奉行所与力の最高位である年番方になるのであるから、どうして崎田孫兵衛はたいした人物なのである。

「でも、崎田さんはふいにやって来ることもありますからね」

これまでにも、今夜は来ないことになっているとお秋がのんびりしていて、ふいにやって来たことが何度もあった。

「なんだか、いつもの栄次郎さんらしくないわ」

お秋が訝《いぶか》しげにきいた。

「いや、そんなことはありません」

「さっきのお侍さん、何かいやな話を持って来たんじゃないんですか」

「違いますよ」

心配してくれるお秋に笑顔を見せ、明るく振る舞いながら、栄次郎は外に出た。用事を思い出したというのは、深川の仲町に行ってみようと思ったのだ。

近くの船宿に行き、猪牙舟で深川に向かった。

両国橋をくぐり、新大橋に差しかかったときにはまだ残っていた空の明るさも消えてきて、油堀に入ると、暮六つ（六時）の鐘が鳴りはじめた。

深川には芸者と娼妓がいるが、吉原と違って、芸者が娼妓のように体を売る、つまり二枚鑑札である。

だが、栄次郎が十代の終わりから二十代のはじめまで通いつめたのは娼妓のところだった。若く、金がないため、料理屋に芸者を呼んで遊ぶなど無理なこともあったが、若さの捌け口には、遊女屋のほうが手っとり早かった。

栄次郎が通ったのは、永代寺の裏手にひっそり佇んでいる『一よし』という小さな遊女屋だった。

久しぶりにやって来たが、『一よし』の低く突き出した廂《ひさし》も、格子戸も、そして艶かしい軒行灯の明かりも、以前のままだった。

仲町では、ほとんどの遊女は子供屋から呼び出しをして茶屋で遊ぶのだが、『一よし』だけは見世付きの娼妓がいる。

栄次郎が近づくと、まるでわかっていたかのように、土間から細身の女が出て来た。おしまだった。少し痩せたような気がするが、以前と変わりない姿だった。

「いらっしゃい」

数年間の空白などなかったかのように、おしまは自然な姿で、栄次郎を迎えた。

「さあ、行きましょう」

おしまはうれしそうに栄次郎から刀を受け取った。

女将が出て来て、

「まあ、お珍しい」

と、栄次郎に挨拶をする。

おしまから預かった刀を、女将は内証（居間、帳場）に持って行った。

二階の部屋に入ると、懐かしい匂いを感じた。行灯のぼんやりした明かりが紅色の衣桁や、漆の剝げかかった鏡台を映し出している。

おしまが栄次郎の帯に手をかけた。栄次郎はされるがままに浴衣に着替えた。

火鉢に鉄瓶の湯が噴いていた。おしまは茶をいれてくれた。

取り立てて美人ではないが、おしまは気性のさっぱりした女だ。栄次郎はひとつ歳上のおしまの前だと、すっかりくつろげるのだ。

「ああ、ここは落ち着くな」

栄次郎は伸びをした。

「栄次郎さん。いい男になったわ」

おしまがうれしそうに言い、

「忘れずにいてくれてうれしいわ」

「おしまさんを忘れるものか。おしまさんにはいろいろなことを教えてもらった」

「男と女のことをね」

「いや、それ以外のことだって。世間知らずの私がどうにか一人前になれたのも、おしまさんのおかげ」

「いやだわ」

おしまは照れたように笑ったあとで、

「杵屋吉栄さんですってね」

と、うれしそうに言った。

「誰から?」

「お兄さまよ」

「兄上が……」

「はい。栄之進さまは、お店が暇なときは、内証にやって来て面白い話をしてくれるのです。皆も、それが楽しみで」

「ちょっと待って。今、誰の話をしているのですか」

「栄次郎さんのお兄さま。栄之進さまよ」

「でも、今、内証で面白い話をするって……」

「ええ、そうよ。栄之進さまってとっても気さくで、やはりご兄弟ねって」

　いつも不機嫌そうに口を一文字にし、家長としての威厳を保つように胸を張っているる兄と、おしまの言う兄の姿がうまく重ならなかった。

「お兄さまは、いつも栄次郎さんの自慢。ほんとうに栄次郎さんが好きなのね。今度、名取りになり、杵屋吉栄という名をもらったと、自慢しておりました」

「兄上が……」

　信じられない。必要なこと以外、口をきくこともなく、ましてや冗談など言うとは思えない。そんな兄が、ここの内証に入り込み、皆を笑わせている。それはほんとうに兄なのかと、疑わざるを得なかった。

　そもそも、謹厳実直な兄を、この遊女屋に引っ張って来たのは栄次郎だった。義姉を亡くし、すっかり落ち込んでいる兄を元気づけようと、いやがっていたのを強引に誘ったのだ。

ぶつぶつ文句を言いながらついて来た。この家に上がったとき、なんだ、この汚いところは、という顔をした。

兄の相方《あいかた》になったのはおぎんという女で、気立てがよく、どこか亡き兄嫁に似ているところがあった。

帰るときも、屋敷に帰り着いたあとも、兄は不機嫌だった。やっぱり、兄には適さなかった場所だったと後悔したが、しばらくして兄がこっそりおぎんのもとに通っているらしいことに気づいたのだ。

栄次郎からもらった金を軍資金に、しょっちゅう、おぎんのもとに足を向けていることを知って、信じられない思いがしたものだが、まさか、内証にまで入り込んで皆を笑わせているなどとは、あの苦虫を噛み潰したような兄からは想像がつかなかった。

とても楽しいお兄さまね。おしまの言葉を、栄次郎は聞き違えたのかと思った。

「不思議だ。ほんとうに不思議なものだ」

栄次郎は無意識のうちに呟いていた。

「何が不思議なのです？」

「人間っていうのは不思議なものだと」

「あら、どういうことですの」

「あっ。いや、なんでもない。でも、兄上が皆から好かれているのを知って、なんだかうれしくなりました」

「だって、みんな栄之進さまがやって来るのを楽しみにしていますよ。もっとも、一番、待ち望んでいるのは、おぎんさんですけどもね」

ああ、なんて皆心の温かいひとたちなのだろうと、栄次郎はいつしか萩絵のことを忘れていった。

ふと、おしまが熱い眼差しを栄次郎に向け、それから隣りの部屋に目をやった。隣りの三畳の部屋に寝床が敷いてある。栄次郎は、頃合いをみて立ち上がり、寝床に向かった。

下帯だけになって、栄次郎は寝床に入った。夜通し灯しておく有明行灯の明かりがぼんやりおしまの裸身を映し出していた。

翌日の朝、栄次郎は刀を持って庭に出た。

薪小屋の横にある枝垂れ柳を相手に素振りをするのだ。日課となっていて、雨の日以外は必ずここにやって来る。

膝を曲げ、左手で鯉口を切り、右手を柄に添える。居合腰で呼吸を図り、刀を鞘走らせる。

風を斬り、葉の寸前で切っ先が止まる。頭上で刀をまわして鞘に納め、再び居合腰になる。その動作を何度も繰り返す。

ゆうべ、久しぶりにおしまに会い、心の中のもやもやしたものがすっかりとはいかないまでも、だいぶ取り払われたようだ。

萩絵のことで心の整理がつくのは、もう時間の問題のような気がした。

右足を踏み込んで伸び上がりながら、栄次郎は気合いもろとも刀を抜く。やがて、額から汗の玉が落ちてきた。

心を鎮めるように、最後に静かに刀を鞘に納めた。

すがすがしい気持ちだった。車井戸の横で、釣瓶《つるべ》から水を汲む。自分がこのような心境になれたのが不思議だった。

朝餉のあと、栄次郎は兄の部屋に行った。

兄の栄之進はいつも気難しい顔をしていて、無口で、笑顔などあまり見せたことがない。そんな顔つきは亡き父にそっくりだった。だが、仲町では、まったく違う一面を見せているらしい。

そのことを思い出し、栄次郎は不思議そうな顔をした。

「どうした、栄次郎。俺の顔に何かついているのか」

兄が生真面目な顔できいた。

「えっ。いえ、失礼しました。じつは、ゆうべ久しぶりに『一よし』に行って来ました」

「そうか」

兄は不機嫌そうに唇を歪め、

「私のことで何か言っていたか」

と、探るような目をした。

「いえ、何かあるのですか」

「いや。何もなければ、それでいい」

それから、ふと気弱そうな目になって兄は言う。

「栄次郎。なるたけ、あそこではお互い、顔を合わせないように」

「わかりました。もし、兄上が行くときは知らせてくだされば、私は足を向けないようにいたしますが」

「そうだな。いや、それには及ばん」

言葉とは裏腹に、兄の声は弱々しかった。本音では、そうして欲しいと思っているようだ。

内証でのことは、栄次郎には知られたくないのかもしれないと思ったので、口にしなかった。

栄次郎が自分の部屋に戻ると、母がやって来た。

「お呼びくだされば、お伺いしましたのに」

母は軽く首を横に振り、

「ただ、お伝えすることがあるだけですから」

と言い、部屋の真ん中に腰を下ろした。

栄次郎も向かいに座った。

「岩井さまが、明日の夜にいつものところで待っているとのことで」

「わかりました」

おそらく、大御所との会見の件が主な用向きであろうと、栄次郎は察した。大御所が会いたがっていると聞いてから、半年近く経つ。

その用件だと気が進まなかったが、岩井文兵衛と会うことは、栄次郎にとっては楽しいことだった。

母が部屋から出がけ、小声になった。

「岩井さまが、また栄之進の縁談を持って来ました。とても、よいお話なのですが、どうでしょうね」

おそらく、母が岩井文兵衛に頼んでいるのに違いない。

「さあ、どうでしょうか。たぶん、まだ、無理なような気がしますが」

「そうですか」

母はがっかりしたようにため息をついた。

「栄次郎はどうなのですか」

「私はまだ」

「あの娘さんはとても聡明で美しく、あなたには似合いだと思ったのですが」

萩絵のことだ。

「すみません」

「いえ」

萩絵のことでは、母は相当に落胆したようだ。

母が去ったあと、しばし栄次郎は萩絵に思いを馳せていた。

二

翌日の夜、栄次郎は薬研堀にある料理屋『久もと』の玄関を入った。

いつもの内庭に面した座敷に通されると、岩井文兵衛はまだ来ていなかった。今まで、遅れるということはなかったので、栄次郎は心配した。

女将を相手に雑談していると、ようやく岩井文兵衛がやって来た。

床の間の前に座ったものの、目が虚ろに思えた。表情が暗いのが気になった。

女将が気をきかして引き下がったあと、栄次郎はきいた。

「岩井さま。何かございましたか」

はっとしたように顔を上げ、岩井文兵衛は声をひそめた。

「じつは、大御所さまが倒れられた」

「大御所さまが」

大御所の治済は、一橋家の二代当主であり、我が子家斉を十代将軍の養子に出し、家斉が十一代将軍になったために大御所と呼ばれているが、栄次郎の実の父親なのであった。

「ご容体は？」

「お命に関わるようなことではないが、なにぶん、七十歳を越えるご高齢であり、用心しなければなりません」

岩井文兵衛は言ってから、

「ただ、しきりにうわ言で、栄次郎さまの名を呼んでいる由」

と、表情を和らげた。

「大御所さまにおかれては、格別栄次郎さまをお気に召したようで、なんとしてでも、しかるべき処遇をせよと、日頃から仰っておいででした」

尾張六十二万石にも首を縦に振らなかった無欲さを好ましいと思ったのか、ますます栄次郎にご執心するようになったと、岩井文兵衛から聞いている。

「ほんとうは、私をそっとしておいていただきたいのですが」

栄次郎は憂鬱そうに言う。

大御所の治済は、年老いて芸人に生ませた子である栄次郎に哀れみもあり、栄達の道を与えようとしている。だが、栄次郎にとっては、迷惑なことであった。自分はただ三味線弾きになりたいだけであるし、それより、栄次郎の存在が争いの種になりかねない。そのことを恐れているのだ。

「栄次郎さま。大御所の様子によっては、ぜひお見舞いに上がりますように」

一転、厳しい顔つきになって、岩井文兵衛は言う。

「わかりました」

実の父親である。大御所という雲の上のひとでなければ、今すぐにでも見舞いに駆けつけたい。

「そんなわけで、今宵はせっかくお招きしたが、騒ぐことを控えたい」

「はい」

栄次郎は、ふと気になることを訊ねた。

「私のことを、どの程度の御方が知っているのでしょうか」

「栄次郎さまご本人のことを知る者は少ないと思われますが、大御所にもうひとりのお子がいて、立派に成長していることは公然の秘密かと」

「そうですか。私のことは調べようと思えば、調べられるのですね」

そっとしておいて欲しい。栄次郎はまたそう思った。

それから、岩井文兵衛が手を叩き、女将を呼び、酒と料理が運ばれ、いつも呼んでいる、おきんとおるいのふたりの芸者も入って来た。

しかし、今宵は糸の音もなく、ただ物静かな時が過ぎた。

親しい御方が病いゆえ、という岩井文兵衛の言葉に、おきんとおるいもまるで自分の身内が病気なように心配をしてくれた。

いつもより早く、栄次郎は『久もと』を引き上げた。

屋敷に帰り着いたのは五つ半（九時）頃で、兄はまだ帰っていなかった。きょうは非番だったから、仲町の『一よし』に行ったのだろうと思った。

寝床に入ってしばらくして廊下に足音がした。やがて、足音が栄次郎の部屋の前で止まった。少し荒い呼吸がする。兄は急いで帰って来たのだろう。

だが、そのうち足音が去って行った。が、すぐに戻って来て、また部屋の前で佇んでいるようだった。

栄次郎は起き上がったが、そのとき兄は踵《きびす》を返し、栄次郎が襖を開けたときには兄は自分の部屋に入ったあとだった。

翌朝、起き抜けに、栄次郎は兄の部屋に行った。

「兄上。栄次郎です」

声をかけると、いきなり襖が開いて、兄が栄次郎の手を引っ張って中に引き入れた。

「兄上、どうかなさったのですか」

兄が泣きそうな顔をしているので、栄次郎は驚いて声をかけた。

「栄次郎。とんでもないことになった」

声も上擦《うわず》っている。

「いったい、何があったのですか」

すっかり狼狽している兄をなだめすかし、落ち着かせた。

「女が、女が……」

「女がどうしたのです?」

「死んでいた」

兄は呆然と言う。

「詳しく話していただけますか」

栄次郎は戸惑いながらきいた。

「『一よし』の帰りだった」

強張った表情で、兄は語りはじめた。

昨夜の五つ(夜八時)前に、栄之進はおぎんや『一よし』の妓たちに見送られて、帰途についた。

雲が出ていて、月を隠している。

いつも、八幡橋近くの『大汐屋』という船宿から船に乗り、大川を横断し、神田川を上る。そして、お茶の水近くの船着場で船を下りる。

その夜も、そのつもりで『大汐屋』の前に行くと、手拭いで頬かぶりをした船頭らしき男が近寄って来て、

「あいにく、船は出払っていて、半刻（一時間）ほど待たねばなりません」

と、声をかけてきた。

困惑すると、その男は、

「もし、荷物を積んだ船でよろしければ、お送りいたしますが」

と、言い添えた。

ありがたいと、栄之進は喜んで、男の言うがままに、少し離れた暗がりに係留している船に乗り込んだ。

こんもりと筵《むしろ》がかかったものが船倉にあるので、栄之進は艫《とも》のほうに座った。

船は油堀から隅田川に出て、両国橋を目指した。

おぎんとの逢瀬の余韻に浸りながら、栄之進は船に揺られていた。やがて、両国橋をくぐり、船は神田川に入った。

ところが、途中、和泉橋を過ぎた辺りで、船頭が、

「旦那。すまねえ。ちょっと腹の調子が悪くて」

と、言い出した。

「あそこで用を足してくるので、しばらく待ってくださいな」

返事もきかずに、船頭は無人の桟橋に船をつけ、杭にもやってから船を下りて草むらに駆け込んだ。

しょうもない奴だと、腹立たしく思いながら、栄之進は船で待っていた。

土手は真っ暗だ。ときおり、夜鷹らしい女が通って行くほかはひとの気配はまったくない。

荷足船や猪牙舟が通るたびに、提灯の灯がその周辺を照らすが、あとは真っ暗だった。

（遅い）

栄之進はいらだった。

土手に、船頭の姿は見えない。波が出てきたのか、船が左右に揺れている。

その頃になって、月が雲間から現れた。辺りの風景がぼんやりと浮かび上がった。

やはり、土手のどこにも船頭の姿はない。

栄之進は立ち上がろうとして、今まで気にならなかったが、筵がかけてある長細い荷物に目がいった。

少し膨らんでいるのが、ある形をなしているように思えた。

栄之進は刀の鞘の鐺《こじり》で、筵の裾を軽くめくってみた。その瞬間、白いものが目に飛び込んだ。

あっと、栄之進は息を呑んだ。足だ。足首が覗いている。栄之進は筵をすべてめくった。若い女が横たわっていた。唇から血が出て、胸が赤く染まっていた。死んでいると思った。

驚いて立ち上がった拍子に、船が大きく揺れた。

そこに荷足船が通って行った。船頭が不思議そうにこっちに顔を向けていた。

栄之進は桟橋に上がった。そして、土手を駆け、屋敷まで走って帰った。

「その女、ほんとうに死んでいたのですか」

栄次郎は深呼吸をしてからきいた。

「脈を確かめたわけではないが、喉と胸に傷があった」

兄は上擦った声を出した。

「その船頭は、いつも使っている船宿の船頭でしたか」

「いや、手拭いで頰かぶりをしていたので顔はわからない」

「船宿の船が出払っているというのは、ほんとうだったのでしょうか」

栄次郎はきいた。

「どういうことだ？」

「はじめから兄上を、その船に乗せることが目的だったのか、それとも兄上が偶然に乗ってしまったのか」

「わからん」

兄は怒ったように言う。

「ところで、兄上はその女に心当たりは？」

「いや。暗かったので、よくわからん。だが、知り合いであるはずはない」

「どんな感じの女でした？」

「わからない。が、派手な柄の着物だ。岡場所で働いている女かもしれない」

「兄上。とりあえず、その場所に行ってみます」

「頼む」

兄は気弱そうな目をした。

栄次郎は朝餉が済んでから、何気ない素振りで屋敷を出た。あわてて飛び出しては母に勘ぐられ、よけいな心配をかけることになるからだ。

いつもの湯島切通しではなく、きょうは本郷通りを聖堂のほうに向かい、昌平坂を下った。

神田川を渡り、柳原通りを東に向かう。草むらから虫の音が聞こえた。

和泉橋の傍にやって来た。栄次郎はその辺りを探したが、小船は見当たらない。

仲秋の明るい陽射しが川面を照らしている。船がゆっくり上って行く。そののどかな光景は、死者とはまったく無縁のようだ。

すでに死体が発見され、町方がやって来たあとだという可能性もあった。だが、そうだとしても、このような静けさは奇妙だ。

兄は場所を間違えたのか。しかし、川下や川上に目をやっても、ひとだかりがしている場所はない。

それに、もし、町方の探索がはじまっているとしたら、岡っ引きなどによる聞き込みもこの付近で行われているはずだ。

まだ、五つ半（九時）にもなっていないのだ。

土手下に下り、古着屋の葦簾《よしず》張りの店を開いたばかりの亭主に、この辺りで何か騒ぎがなかったかを訊ねた。

「いえ、知りません」

亭主は首を横に振った。

栄次郎は、今度は和泉橋を渡った。そして、反対側から対岸を眺めた。草木が秋風にそよぎ、不審なものは目に入らなかった。

次に、まだ青物市が立っている両国広小路から両国橋を渡り、栄次郎は深川の仲町にやって来た。

八幡橋近くにある船宿『大汐屋』の土間に入った。

「まあ、栄次郎さま。お珍しいことで」

栄次郎もときたま利用したことがあり、気性と見かけが男勝りの、この女将とは顔なじみだった。

「ご無沙汰しています。兄がいつもお世話になっています」

「はい。栄之進さまにはご贔屓いただいています。ほんとうに栄之進さまは気さくで面白い御方で」

ここでも、兄の評判は『一よし』のおしまが言ったとおりだった。

「妙なことをおききしますが、ゆうべは船は出払っていましたか」

「いえ、そんなことはありませんよ」

「じつは兄が寄ったら、頬かぶりした船頭に声をかけられて、船が出払っていると言われたそうですが」

「あら、いやだわ。誰か商売の邪魔をしたのかしら」

「やはり、そうですか」

ついでに、栄次郎は船を出してもらった。

油堀から大川に出た。秋の陽射しが眩い。大気が澄み渡っているので、目に入るものが皆すがすがしく思えた。

土手で芒《すすき》が風に穂を揺らしている。

船は両国橋をくぐり、浅草御蔵の白い土蔵を左に、やがて御厩河岸の渡し船と交差するようにすれ違って、黒船町の船宿の桟橋に辿り着いた。

そこから、お秋の家は目と鼻の先だった。

その夜、お秋の家で待っていると、いつもより早い時間に、お秋の旦那の崎田孫兵衛がやって来た。

ちょうど、二階の部屋で栄次郎と語り合っていたので、女中が崎田孫兵衛のやって来たことを告げると、お秋は一瞬顔をしかめた。

「お秋さん。崎田さんにお訊ねしたいことがあるのです。手透きの折りに、声をかけていただけますか」

「わかりました」

渋々という態度で、お秋は階下に行った。

それほど時間が経たずに、お秋が呼びに来た。

「すみません。お邪魔して」

栄次郎は階下の居間に行き、崎田孫兵衛の前に跪《ひざまず》いた。

八丁堀の長老格の与力でありながら、こうやってお秋のところに通ってくる。奉行所ではしかめっ面で、威厳を保ち、家ではよき夫を演じているのだろう。

「なんだ、ききたいことって」

崎田孫兵衛が不機嫌そうにきく。栄次郎に対して面白くない気持ちを露《あらわ》にするのは、お秋のことでの嫉妬だ。お秋が栄次郎にやさしく振る舞うことが気に入らないらしい。

「昨夜から今朝にかけて、柳原の土手で何かありませんでしたか」

栄次郎はさりげなくきいた。

「何かとはなんだ」

「それが……」

栄次郎は用意していた作り話をした。

「昨夜、なんだか様子のおかしな男女が和泉橋の辺りをうろうろしていたのです。私は、まさかと思い、声をかけようとしたのですが、私が近づくと、逃げるように去って行ってしまいました」

「心中するとでも思ったのか」

崎田孫兵衛は鼻で笑った。

「そんな報告は受けていない。柳原の土手ばかりでなく、他の場所にもな」

「そうですか」

昼間の穏やかな柳原の土手の風景を思い出した。それは、崎田孫兵衛の言葉に嘘はないことを物語っていた。

崎田孫兵衛に勧められた酒をうまく断り、栄次郎はお秋の家を出た。

屋敷に戻り、兄の部屋に行った。

「どうだった？」

兄は栄次郎の帰りを待ち焦がれていたようだった。

「船はありませんでした。死体が見つかった形跡もありません」

「なかったって？」

「それから、『大汐屋』の女将に訊ねましたが、ゆうべ船は残っていたそうです」

「うむ」

兄は腕組みをした。

「いったい、どういうことだ」

「兄上。最近、何か変わったことはありませんでしたか」

「変わったこと？　いや、何もなかった」

「どんな些細なことでもなんでもいいのですが」

「すぐには思い出せない」

「そうですか」

「栄次郎。不気味だ。あの船頭は、誰でもよかったのだろうか。それとも私だと知っていて、声をかけてきたのだろうか」

「わかりません」

栄次郎は得体の知れぬ不安を抑えながら答えた。

兄から長い吐息が漏れた。

三

数日後の夜。栄次郎が屋敷に戻ると、兄が蒼い顔で部屋にいきなり入って来た。

「兄上。何かあったのですか」

栄次郎がすぐそう訊ねるほどに、兄は深刻な表情をしていた。

「栄次郎。これを見てくれ」

と、兄は文を見せた。

「これは……」

栄次郎は文字に食い入った。

女は無事に処分した。約束のものをいただきたい。十両。明日の夕、根岸の里五行松にて待つ。そう文に認《したた》められていた。差出人の名はなかった。

「まったく心当たりはない」

兄は苦渋に満ちた顔で言う。

「女は処分したとはどういうことなのでしょうか。船にあった死体を無事に隠したという意味でしょうか」

栄次郎は考え考えしながら呟く。

「誰かと間違えているんだ」

兄が虚ろな顔で言う。

「船にいた女を殺した男が、俺の名前を騙《かた》って、女の死体を誰かに処分させたのだ。そうに違いない」

「でも、いったい、誰が……」

そうだとしたら、兄のことを知っている人間だ。

「兄上の名を騙るような男に、心当たりはありますか」

「ない」

兄は苦しげな顔で首を横に振る。

「ともかく、私が文に書かれた場所に行ってみます」

「栄次郎。危険だ」

「いえ。だいじょうぶです」

兄は迷っていたが、頼むとぽつりと言った。

肩を落とし、兄は部屋を出て行った。

兄は常に威厳を保つように厳しい顔をしている。だが、根はやさしい人間なのだ。弱いと言ってもいい。

兄に降りかかった災難に立ち向かうのは当然だと、栄次郎は思った。

翌日の午後、稽古日だった。栄次郎が稽古を終えて、隣りの部屋に下がると、おゆうが来ていた。あと、大工の棟梁と横町の隠居もいて、賑やかだった。

おゆうの澄まして座っている姿を見て、栄次郎ははっとした。横顔が、萩絵に似ていたのだ。

忘れたと思っていても、自分は気づかないが、心の奥にまだ面影を大事に仕舞っていたのだろうか。

「じゃあ、お先に」

稽古の順番になった横町の隠居が挨拶をし、師匠のもとに向かった。

栄次郎はおゆうの横に腰を下ろした。

「また、新八さんを待っているのね」

おゆうがつんとして言った。

「栄次郎さん。いつ、萩を見に連れて行ってくれるのですか」

えっ、と思わず声が出そうになったが、そういえば、そんな約束をしたことを思い出した。

「そろそろ見頃でしょうか」

栄次郎はあわてながら言う。

「はい。三囲神社、亀戸天満宮などがいいんじゃないかしら」

「萩寺がいいですよ」

大工の棟梁が口をはさんだ。

「あら、親方は行ったのですか」

「ええ、女房にせがまれましてね。一度、行ってごらんなさい。萩寺は趣がありますよ」

「親方が言うんだから間違いないわ。ねえ、栄次郎さん。萩寺に連れて行ってください。いいでしょう」

その言い方も、どこか萩絵を思い起こさせた。

「いいですよ」

そう言ったとき、格子戸が開いて、新八がやって来た。

その日の夕方、栄次郎は元鳥越から根岸の里の五行松にやって来た。新八もいっしょだったが、途中から別行動をとった。

栄次郎は五行松の近く立った。

この先が谷中天王寺で、西に目を転じれば、田圃の先に道潅山が見える。

少し離れた場所から、先廻りしていた新八が見張っているはずだ。新八にはいつも手助けをしてもらっていた。

田圃の向こうに夕陽が落ちていく。百姓の姿が小さく見える。

ふと、背に籠を背負った百姓ふうの男が近づいて来た。小肥りで、手拭いを頰かぶりにかぶっている。

「矢内さまで」

百姓がきいた。

「さよう」

「どうぞ、こちらへ」

「そなたは何者だ」

「ただの百姓です。案内を頼まれただけでして」

栄次郎は百姓のあとに従って、雑木林の中に入って行った。

「どこへ行くのだ?」

栄次郎はきいたが、男は何も答えようとせず、どんどん歩いて行く。

途中、百姓の男は立ち止まり、

「この先に、小さな祠《ほこら》があります。そこで、待っています」

と言い、踵を返した。

言われたとおりに、栄次郎は先に進んだ。

小さな祠が出てきた。すると、祠の後ろから、眉の横に太い傷のある着流しの男が現れた。

「おや、矢内栄之進さまじゃありませんね」

着流しの男が警戒ぎみにきいた。

「弟の栄次郎と申す。兄に代わってやって来た。わけをきかせてもらおうか」

栄次郎は毅然として言う。

「わけったって、あっしはただ矢内さまに頼まれて女の死骸を始末しただけですぜ。十両の約束でね」

「『大汐屋』の近くで、兄に声をかけたのはおまえさんかね。船が出払っていると嘘をついて」

「嘘とは聞き捨てになりませんぜ。あっしは矢内さまに頼まれて待っていたんですぜ」

「女とは誰なのだ」

「冗談じゃねえ。あっしは矢内さまに死骸を始末するように頼まれただけで、女がどこの誰だか知らねえ」

「とぼけるな」

「とぼけてなんかいませんぜ。そうか、金を寄越したくねえって言うんですね」

男は声を高めた。

「おい、わけを話すのだ」

栄次郎は鋭い声を発した。

背後から、何者かが迫って来るのに気づいた。さっきの百姓だ。背中に籠はない。懐に手を入れた。

「おぬしたちは何を企んでいるのだ」

「うるせえ」

百姓の恰好をした男が匕首を構えて突進し、刃を突き出した。栄次郎が体を開くと、相手はそのままつんのめった。

「この野郎」

男は踏ん張って立ち止まり、振り返るや、改めて匕首を構えて襲いかかった。

「やめないか」

栄次郎は腰を落とし、相手の脾腹に下から突き上げるように拳を入れた。うぐっと呻いて、百姓の男は膝から崩れ落ちた。

栄次郎はさっきの着流しの男に、

「さあ、どういうわけか話してもらおう」

と、迫った。

「わけもくそもあるか。俺は前金で五両、終えたあとに十両の約束で、死骸の始末を引き受けたんだ」

着流しの男が、同じ言葉を繰り返した。

「ほんとうのことを言うのだ。誰だ、始末を頼んだのは？」

「矢内栄之進って侍だ」

「そいつは偽者だ」

栄次郎は一喝する。

「どこで、頼まれたんだ？」

「仲町だ」

そのとき、殺気がした。

振り返ると、巨軀の浪人が抜き身を下げて迫って来た。

栄次郎は浪人を待ち構えた。

「仲間か」

有無を言わさず、上段から薪でも割るように剛剣を振り下ろした。

栄次郎は後ろに飛び退いて避けた。だが、続けざまに襲いかかってきた。栄次郎は右に左にかわし、最後は抜刀し、眉間に迫った相手の剣を受け止めた。

目を剝き、渾身《こんしん》の力を込めて、相手はぐいと上から押しつけてきた。栄次郎も押し返す。相手も腕力は強い。だが、栄次郎の背筋力も図抜けていた。

顔と顔が接するぐらいに、壮烈な鍔《つば》迫り合いになった。相手が顔を真っ赤にして満身の力を込めても、栄次郎の剣はびくとも動かなくなった。

相手の目に驚愕の色が浮かんだ。相手が離れれば、その隙に栄次郎の剣が相手の胴を真っ二つにする。相手はそんな恐怖を持ったようだった。

だんだん、相手の力が弱まってきた。それを見て、栄次郎は相手の利き腕を摑むや小手返しにした。巨軀があっけなく倒れた。

が、すぐに相手は跪《ひざまず》いたまま剣を横に振りまわし、栄次郎が後退ったのを見て、素早く起き上がって逃げ出した。

すでに着流しの男や百姓の恰好をした男の姿はなかった。

栄次郎があえて追わなかったのは、新八にあとを託しているからだった。こういうときには新八は大いに助かる。

栄次郎は三ノ輪に出て、下谷から上野山下を経て、湯島切通しから本郷の屋敷に戻った。

この夜、兄は宿直で、屋敷にはいなかった。

翌朝、五つ（十時）過ぎに、栄次郎が屋敷を出ると、ちょうど向こうから、草履取り、槍持、鋏箱持の三人の供を従え、裃姿の兄がお城から帰って来たところだった。

兄は栄次郎にきのうの首尾をききたそうだったが、往来で立ち話をするような不作法な振る舞いをする男ではない。栄次郎の会釈を軽く受けて、そのまま門に入って行った。

まったく融通のきかない兄だと思ったとたん、仲町の『一よし』での評判を思い出した。

そこが兄のよいところなのだ。

面倒だったが、もう一度屋敷に引き返し、兄が着替えを済ますのを待って、栄次郎は兄の部屋に行った。

待ち切れないように、兄がきいた。

「栄次郎。どうであった？」

「着流しの男が、兄上から女の死骸を始末するように、全部で十五両で頼まれたと言っていました」

「なんと」

兄は顔を紅潮させた。

「兄上。何者かが兄上を貶《おとし》めようとしているように思われます」

兄の行動をすべて調べ上げた上で仕掛けて来たのだ。

「今になって思い出したことがある。最近、外を歩いていると、誰かに見張られているように感じることが、何度かあった。あれは、気のせいではなかったのかもしれないな」

兄は深刻そうな顔になった。

「兄上。ご心配なく。私が必ず真相を探り出してみせます」

栄次郎は勇気づけるように言う。

「うむ。頼んだ」

だが、兄は深いため息をついた。その寂しげな表情が気になった。

「兄上。まだ、何か心配なことが？」

「えっ。いや、そうではない。ただ……」

兄の目が宙を泳いだ。

「なんですか。なんでも、お話しください」

「いや。しばらく無理かなと」

「何が無理なのですか」

兄からすぐ返事がなかった。

「あっ、深川ですか」

栄次郎は察してきいた。

兄は気弱そうな目で頷いた。

「行ってもだいじょうぶだと思いますが」

「いや。しばらく自重しよう」

兄はもう一度、深いため息をついた。

今の兄にとっては、おぎんに会えないことが一番の苦痛なのかもしれなかった。

栄次郎は改めて屋敷を出て、黒船町に急いだ。

湯島の切通し坂を下るとき、不忍池や上野寛永寺の五重の塔がいつも目に入るが、季節によっても、天気によってもその風景の趣が異なる。

秋の陽射しに映えて、五重の塔は優雅でありながらもたくましい姿を見せていた。

お秋の家に着くと、案の定、新八が二階の部屋で待っていた。

「お待たせしました」

刀掛けに刀を置いて、栄次郎は新八の前に腰を下ろした。

「眉の横に傷のある男は、梅吉《うめきち》っていう山谷堀の船宿の船頭で、聖天さまの裏にある長屋に住んでおりました」

「船頭か」

「これから、どうしますか。なんなら、あっしが梅吉に近づいてもう少し探ってきやしょうか」

「そうですね」

栄次郎が梅吉のところに乗り込んでも、ほんとうのことを喋るかどうかわからない。

それより、ここは新八に任せ、栄次郎が梅吉の正体を摑んだのを知らないことにしておいたほうがいいかもしれない。

「じゃあ、すみませんが、そうしていただけますか。梅吉の言うことがほんとうなら、誰かに頼まれて女の死骸を始末したことになります。どこで、頼まれたのか。いったい、その死骸をどこに始末したのか、それを探り出してください」

栄次郎は頼んだ。

「じゃあ、さっそく」

腰を浮かせかけた新八に、

「まだ、よろしいじゃないですか。どうですか、昼飯でもいっしょに」

と、栄次郎は新八に声をかけた。

「そんな時間ですね」

新八が頷いた。

栄次郎は階下に行き、お秋に新八の昼飯も用意してくれるように頼んでから、部屋に戻った。

新八は窓に顔を向けていた。秋風が入り込んでくる。

「心地よい風ですね。いい季節になりましたが、あたしは秋が苦手でしてね」

と、新八が珍しくしんみりして言う。

「どうしてですか」

「だんだん、寒くなっていくと思うと、寂しくなるんですよ」

ふと新八はかつて見せたことのない悲しげな目つきになった。

「新八さんはこの先、どうするのですか」

「この先ってえと、将来ってことですかえ」

「ええ。いつまでも、危ない真似は出来ないと思いますが」

「へえ。あっしもよくわかっているんですがねえ」

相模の大金持ちの三男と名乗っているが、じつは新八は盗人だった。忍び込む先は大名屋敷や悪徳商人の屋敷で、貧しい者からは決して盗みをしなかった。

だが、それでも盗人には変わりはない。いつか運が尽きたときにはお縄になり、獄門首を晒すことになりかねない。

「栄次郎さん。すみません。いつか、話せるようになったら聞いていただきます」

新八がそう言って頭を下げたとき、お秋が膳を運んで来た。

四

二日後の朝、栄次郎が柳橋近くの船宿で待っていると、おゆうがやって来た。

薄紅色の地に白い萩を散りばめた単衣のおゆうは、少し大人びて見えた。一瞬、栄次郎は息苦しい思いに襲われた。やはり、そこに萩絵の面影を重ねていたのだ。

「男とふたりで出かけるなんて、よく親御さんが許してくれましたね」

栄次郎は萩絵の面影を振り払うようにきいた。

「栄次郎さんならいいですって」

おゆうは弾んだ声で言う。

こういう自由奔放さは萩絵にもあった。

かといって、おゆうはふしだらな娘かというと決してそんなことはない。純粋な心の持ち主なのだ。その点も、萩絵と似ていた。

船に乗り込み、隅田川に繰り出すと、否応なしに、川開きの夜のことが思い出された。

目の前にいるおゆうが、萩絵のような錯覚に陥った。

船は大川を横切り、竪川に入る。空は青く澄んでいる。

「栄次郎さん。ずるい」

いきなり、おゆうに言われ、栄次郎は目を大きくまばたいた。

「だって、さっきから私にばかり喋らせて」

そういえば、おゆうはずっと喋りどおしだった。それに対して、栄次郎は生返事を繰り返していたようだ。

「気持ちよい川風をじっくり味わっていたんですよ」

「ほんとうに、いい気持ち」

おゆうはすぐ機嫌を直した。

一ツ目之橋から四ツ目之橋をくぐって、やがて船は横十間川に入った。天神川とも呼ばれているように、やがて亀戸天神のこんもりした杜《もり》と、社殿の大屋根が見えてきた。

天神橋をくぐってから、船着場の桟橋に船が着いた。

おゆうの手をとって、岸に上がった。

亀戸天満宮の参道の両側にはお店が並び、賑やかだった。その前を素通りし、栄次郎とおゆうは、その先にある萩寺へと向かった。

萩寺は、龍眼寺という。その山門に入った。

萩寺として名高いだけに、訪れるひとも多い。さほど境内は広いわけでないが、すべて萩で埋めつくされている。

池の周辺に紅紫色の萩が見事に咲き誇っている。華やかさはないが、落ち着いた風情に心が和む。

「きれいね」

おゆうがうっとりして言う。

寺の裏手は柳島村の田圃が広がり、野趣に富んでいる。

「なんだか、栄次郎さんの三味線で唄いたくなったわ」

「萩にちなんだ唄はなんでしたっけ」

「さあ」

栄次郎は苦笑した。

萩寺を出てから、途中、柳島の妙見堂にお参りをした。

初世中村仲蔵《なかむらなかぞう》が、ここにお参りをして忠臣蔵五段目の定九郎《さだくろう》の演技に開眼し、そして大当たりをとったことから芸人の信仰の的になっている。

栄次郎もおゆうも、芸に励む者としては素通り出来なかった。

妙見堂を出てから、北十間川を越えて請地村の秋葉神社に向かった。

秋葉神社境内の萩も有名で、池の水に映る萩に趣があった。

「疲れたでしょう」

栄次郎は声をかけた。

さっきからおゆうの口数が少なくなっていた。

「お腹も空きました」

おゆうは正直に答えた。

秋葉神社の近辺には料理屋が多かった。中でも、『武蔵屋』や、鯉《こい》料理の『葛西太郎』が有名だ。

『武蔵屋』の門の前で、おゆうが立ち止まった。

「栄次郎さん、高そう」

「たまには贅沢をしましょう」

栄次郎は勧めたが、おゆうは首を横に振った。

「じゃあ、他に行きましょう」

三囲神社の近くにある料理屋に入った。

内庭の中二階にある小さな座敷に案内された。そこから大川が見える。鄙びた風景が心を落ち着かせた。

麦とろ汁、たまご焼き、鯉こくを頼んだ。

栄次郎は酒が呑めないが、おゆうが少し呑んだ。

「栄次郎さん。きいていいですか」

目の縁をほんのり染めて、おゆうが顔を向けた。

「なんですか」

そういえば、いつぞやおゆうからお話があります、と言われたことがあった。そのままになっていたが、そのことだろうか。

おゆうは手酌で注いで、酒を喉に流した。素面《しらふ》では言えないことなのか。

「萩絵さまのことです」

栄次郎はおゆうの顔を見た。

「栄次郎さんは、なぜ萩絵さまを娶ろうとしなかったのですか」

「おゆうさん。なんですか。だしぬけに」

栄次郎は狼狽を隠すように、湯呑みに手を伸ばした。

なぜ、おゆうが萩絵のことを知っているのか。そのことを考えていると、栄次郎の気持ちが伝わったのか、

「私、一度、萩絵さまにお会いしたことがあるのです」

　と、打ち明けた。

　えっと、栄次郎はおゆうを見返した。

「いつだったかしら。私、びっくりしたわ。いきなり、家に女中というひとがやって来て、そのひとに連れられて近くの空き地に行くと、とてもきれいな女のひとが待っていたんです。萩絵さまでした」

　信じられないと、栄次郎は心の中で呟いた。

「萩絵さまは、こう仰いました。栄次郎さまのことをよろしくお願いしますって」

「萩絵どのが」

「はい、萩絵さまははっきり仰いました。私は栄次郎さまが好きです。でも、私は他の殿御に嫁することになりました。どうぞ、私のぶんも栄次郎さまのことをよろしくと」

　信じられない、と栄次郎はもう一度、内心で呟いた。

　だが、萩絵はふつうの考えの持ち主ではない。あるいは、そのような大胆な行動に出るかもしれないとも思った。

「どうして、萩絵どのはおゆうさんのことを知ったのでしょう」

「お秋さんから聞いたそうです」

「お秋さんが……」

お秋が萩絵にそんなことを告げたのだろうか。

「栄次郎さん。今でも、萩絵さまに心を残していらっしゃるの。だったら、どうして、萩絵さまをご自分のものになさらなかったのですか」

「おゆうさん。私と萩絵どのは、そのような関係じゃありませんよ。なるほど、私は武士の子ですが、芸人としてやっていくのが夢。そういう人間と萩絵どのとでは、まったく住む世界が違うのです」

「でも、萩絵さまは栄次郎さんのことが好きだったのですよ。栄次郎さんが、家を捨てろと言えば、家を捨てたかもしれないわ」

「いや、そうではありません。萩絵どのは武家の娘です。そのことが芯を貫いています。おゆうさんにはわかってもらえないかもしれませんが、仮に、萩絵どのが私を好いていたとしても、そのような感情だけで、萩絵どのは行動を起こしたりしません。萩絵どのは武家の娘なのです」

最後は、自分に言い聞かせるように、栄次郎は言った。

「栄次郎さんのお気持ちはどうだったのですか」

　おゆうはなおもきいた。

「私にはもとよりそのような気持ちはありません。ただ、ひょんなことから助けた方であり、最初から許嫁がいらっしゃると聞いていました。そのような方に気持ちが動かされる栄次郎ではありませんよ」

　栄次郎は笑った。

「じゃあ、今はなんとも思っていないのですか」

　おゆうは真剣な顔つきになった。

「ええ、もちろんです」

「そうよね。やっぱり、考えすぎだったのよ」

　いきなり、おゆうの顔つきが変わった。

「どうしたんです？」

　栄次郎は訝しがった。

「だって、お秋さんが最近、栄次郎さんに元気がない。きっと萩絵という女のひとのことだって言うから」

「お秋さんが、そんなことを言っていたのですか」

「えっ。あっ、いけない」

おゆうはあわてて口を押さえた。

「おゆうさん。どういうことですか。なぜ、お秋さんが出て来るのです?」

「それは……」

「まさか」

栄次郎は、はっとした。

「おゆうさん。萩絵どのと会ったというのは……」

「ごめんなさい。嘘です」

「嘘」

栄次郎は呆れたように、おゆうを見た。

おゆうは少し座を下がり、居住まいを正して、

「ごめんなさい」

と、畳に手をついた。

「どういうことか、説明してください」

栄次郎はきつく咎めるように言った。

「この前、栄次郎さんに会いに行ったら、栄次郎さんがいなかったんです。そのとき、お秋さんが、萩絵さまのことを話し出して、嘘だと思うなら、栄次郎さんに聞いてみ

なさいって。栄次郎さんは、未だに萩絵さまのことを思い続けて元気がないって言うんです」

それは事実だ。いつまでもあとを引いている己の弱さに、栄次郎は今さらながらに忸怩たる思いにかられた。

お秋も、おゆうも、責めることは出来ない。自分が蒔いた種だ。栄次郎は自嘲気味に笑った。

やがて、その笑いは大きくなった。

「栄次郎さん」

おゆうが驚いて呼んだ。

「ごめんごめん。なんだかおかしくなってね」

栄次郎は今はほんとうにおかしくなった。いつまでも萩絵のことを忘れられずにいた自分が情けなく、そんな自分がおかしかった。

「おゆうさん。とんだ見当違いだったけど、私のことを心配してくれて、ありがとう。このとおりだ」

栄次郎は頭を下げた。

そうだ、もうこれで完全に萩絵への思いが断ち切れた。栄次郎はそう思った。

「よかった」

おゆうが安心したように笑みをこぼしたが、いつのまにか泣き声になっていた。

「おゆうさん、どうしたんだ？」

栄次郎はあわてた。

「うれしいんだもの」

仲居が怪訝そうな顔を覗かせた。

「いえ、なんでもないのです。ああ、すみません。お茶漬けをください」

栄次郎はうろたえながら言った。

最後に茶漬けを食べて、料理屋を出た。

業平橋の船着場から船に乗った。秋の夕暮れは早い。だいぶ陽が傾いていた。

横川を南に向かう。左手に法恩寺が見えてきた。橋を渡るひとが多いのは、法恩寺の萩見物の帰りだろうか。

やがて、竪川に出て、大川のほうに舳先を変えた。

と、そのとき深川側の田圃の中でひとだかりがしているのに気づいた。船が三ツ目之橋に近づくと、堀沿いを駆けて来る岡っ引きを見た。

さっきのひとだかりのところに行くのかもしれない。

「栄次郎さん、どうかなさったの」

後ろを気にしているのに気づいて、おゆうがきいた。

「いや。なんでもない。そうそう、以前、おゆうさんは私に話があると言っていましたね。あれって、さっきのこと」

「いえ」

「じゃあ、今、聞いてあげよう」

「いいんです」

船は横川から大川に出た。

「よくはないさ。だって、あのときのおゆうさんは深刻そうな顔をしていた。さあ、話してごらん」

栄次郎はやさしく言う。

「だって、もう済んだことだから」

おゆうは明るく笑った。

神田川に入り、柳橋の船宿に着いた。

おゆうを町火消『ほ』組の家まで送り届けてから、栄次郎は再び柳橋に戻った。

さっきのひとだかりが気になるのだ。岡っ引きが駆けて行ったところを見ると、死体でも見つかったのではないかと思った。

兄が乗り合わせた船に横たわっていた女の死体の行方がまだわからない。あれは、その女の死体が見つかったのではないか。

そんなことを考えていると、

「栄次郎さんじゃありませんか」

と、後ろから声をかけられた。

振り返ると、新八が近づいてきた。

「新八さん、これから呑みに？」

「へえ。栄次郎さんは確か、きょうはおゆうさんと」

「そうです。今、帰って来たのですが。四ツ目之橋の近くにひとだかりがしていましてね。岡っ引きも駆けて行ったので気にしていたところなんです」

「なんなら、あたしが見てきましょうか」

「だって、新八さんはこれからお楽しみじゃないんですか」

「なあに、まだ時間はあります。明日、黒船町にお伺いしますよ。梅吉からまだ何も聞き出せないので、栄次郎さんに会いづらかったのですが、その埋め合わせの意味でも、ひとっ走りしてきます」

「いや、梅吉のことにしたって、まだ三日しか経っていないじゃないですか」

「そうですがね。とりあえず、四ツ目之橋まで行ってきます。もし、お急ぎでしたら、今夜、栄次郎さんのお部屋にお邪魔してもいいですが」

新八は一度、本郷の屋敷に忍んで来たことがある。まったく、侵入に気づかなかった。気配さえしない。

忍び込みの天才だと、栄次郎は感心したものだ。だが、いくら親しい仲とはいえ、気づかれぬうちに忍び込まれるのは気持ちのいいものではない。

「じゃあ、明日、黒船町でお待ちしています。急を要するなら、屋敷に来てください」

「わかりました」

そう言い、新八は裾をつまんで両国橋に向かった。

薄暗くなって、小屋掛けや葦簾張りの店も片づけはじめた。川開きの期間も終わり、両国広小路は夜店も出なくなっていた。

栄次郎は本郷の屋敷に帰った。

すると、兄が栄次郎の帰りを待っていた。少し、興奮しているように思えた。

「兄上。何かありましたか」

「きょう、『一よし』に行ってみた。そして、女将にきいたんだが、『花野』という子供屋（芸娼妓のいる家）のおゆらという娼妓が、数日前から行き方知れずになっているそうなのだ」

「まさか」

栄次郎の脳裏を、横川沿いを走って行く岡っ引きの姿が過《よぎ》った。

「栄次郎、何かあったのか」

「いえ。まだ、はっきりしたことではありません。それより、船に乗せられていたのは、そのおゆらという女なのでしょうか」

「そうかもしれぬ。『花野』に行って、詳しいことをきいてこようと思ったが、へたに動きまわってはと思い、帰って来たのだ」

「それは賢明でした」

もし、おゆらの死体が発見されたのであれば、当然、岡っ引きが『花野』に事情をききに行くはずだ。兄が顔を出していたら、とんだ濡れ衣を着ないとも限らない。

兄が自分の部屋に引き上げたあと、栄次郎は事態の深刻さに思い至った。

兄は何かの罠にはめられた。そう考える他はないようだ。

五

翌日の昼前に、黒船町のお秋の家に行くと、新八がこの前のように先に来ており、お秋と話し込んでいた。

「いらっしゃい」

お秋が機嫌のよい声で迎えた。

「じゃあ、私はこれで。新八さん、どうぞごゆっくり」

お秋は愛想よく部屋を出て行った。その手に、何か握っていた。華やかな柄の布が見えた。いい匂いが残っていたので、匂い袋かもしれなかった。

そのとき、はじめて気づいたのだが、新八はときたまお秋に土産を持参しているのだ。

「新八さんに気を遣わせてしまっているようですね」

栄次郎が言うと、新八は苦笑しながら、

「なあに、たいしたものじゃありませんから」

と、軽く答えた。

「で、どうでしたか」

「やはり、女の死体が見つかりました。殺しです。今朝、また現場に行ったところ、岡っ引きがいたのできいてみました。死体は深川仲町の『花野』という子供屋のおゆらって娼妓だそうです」

「やはり、そうでしたか」

おゆらの名は兄から聞いていた。

「ご存じでしたか」

「いえ、ただ、おゆらは数日前から姿が見えなかったそうなんで、ひょっとしたらと思っていたのですが」

「ところで、梅吉のほうですが」

と、新八が切り出した。

「きのうも言いましたように、まだ梅吉から肝心のことは聞き出せないのですが、奴は本所にある山野井大吉《やまのいだいきち》という旗本の屋敷に出入りをしていることがわかりました」

「山野井大吉？」

「五百石の小普請組だそうで。どうやら、その屋敷内で賭場を開いているようです。不良旗本ですよ。年齢は三十そこそこ」

その屋敷に出入りしている者から、梅吉は女の死体を隠すように頼まれたのだろうか。

「近々、山野井大吉の屋敷にもぐり込んで、様子をみてみようかと思っています」

「あまり、無理しないでください」

栄次郎は心配した。

「なあに、いざとなれば、逃げ足だけは達者ですから」

新八は屈託なく笑った。

梯子段の足音は、お秋が客を案内してきたのだ。

「また、悩ましい声を聞かされるのは御免なので、きょうはこれで失礼しますよ」

客が部屋に入ったのを見計らって、新八が立ち上がった。

栄次郎は苦笑して新八を見送るしかなかった。

ひとりになり、改めて、事件を考えてみた。

何者かがおゆらを殺した。その死体の始末を船頭の梅吉に頼んだのだ。だが、その頼んだ人間は、兄矢内栄之進に罪をなすりつけようとしている。

なんのために兄を貶めようとしているのか。たまたま、仲町で見かけた兄を犠牲にしただけなのか。

いずれにしろ、敵は兄のことを調べ上げている。

栄次郎は窓辺に立った。

ここから見る風景は、季節によって違った顔を見せる。今は晩秋にさしかかり、土手の草の色も変わってきた。樹木の葉も紅葉し、やがて、葉を落とすようになっていく。

高い樹の枝から鋭く叫ぶような鳴き声は百舌《もず》か。

もし、兄を貶めようとするものがあるとすれば、敵が本格的に動き出すのは、これからだ。敵の正体も目的もわからず、栄次郎は覚えず拳を握りしめた。


昼飯を食べてから、栄次郎はお秋の家を出た。

そのまま、大川に向かい、黒船町の船宿から猪牙舟を頼み、深川の仲町へ向かった。

半刻（一時間）後に、栄次郎は子供屋の『花野』にやって来た。娼妓ひとりがいなくなっても、あまり変化はないようだった。

栄次郎は女主人に会い、おゆらのことを訊ねた。

「おゆらにはお侍さまの馴染みがいました。あの日も、その御方に呼ばれて、お茶屋さんに行ったんですよ」

頭痛持ちらしい女主人は、こめかみに何か貼っていた。

「なんという侍かわかりませんか」

「ここでは、外村《とのむら》さまと名乗っておりましたが、ほんとうの名かどうかわかりません。同心の旦那にも、そうお答えしました」

「おゆらは何か言っていなかったのですか」

「妾になれとしつこいと漏らしていたことがあります。あの夜は、外村さまに呼ばれたきり、なかなか戻って来ないので、うちの若い者をお茶屋に迎えに行かせたんですよ。そしたら、外村さまは引き上げたあとで、おゆらも帰ったのではないかと」

「おゆらさんが引き上げたかどうかはあいまいなのですね」

「そうなんですよ。おゆらはお金の稼げる妓でしたから、ほんとうに悔しいんですよ」

「外村さんは、だいぶ以前からおゆらさんを呼んでいたのですか」

「そうです。あんな男の妾になるのなんていやだと言っていましたよ。あの夜も、行くのをいやがっていたんです」

女主人は悔しそうに言った。

それから、茶屋にまわったが、手掛かりになるようなことは聞けなかった。

外村という侍は、いつも頭巾で顔を隠していたという。誰も、はっきり外村の顔を見た者はいない。おそらく、おゆらの前でしか、頭巾を外さなかったのだろう。

姿形が中肉中背だったと聞いて、栄次郎はちょっと困惑した。兄の体格と大きく違っていないようなのだ。

その後、外村は現れないというから、外村がおゆらの死に何らかの形で関わっているのは間違いないだろう。

おゆらが言うことをきかないと悟り、外村はかっとなって殺したのかもしれない。いや、最初からいい返事を聞けなければ殺すつもりで、梅吉を近くに待たせていたのだろう。

おゆらの死体を、梅吉が用意した船に運んだ。だが、その死体を単純に始末するのではなく、兄に罪を着せようとしている。

なぜ、兄が狙われたのか。

兄はひとから恨まれるような人間ではない。だから恨みではなく、ただ兄は利用されただけなのかもしれない。

外村というのは、ほんとうの名ではないだろう。だが、外村と名乗った侍が、兄を知っていることは間違いない。

その夜、夕餉のあとで、栄次郎は母に呼ばれ、部屋に入った。

「最近、栄之進に元気がないように思えるのですが、何か心当たりでも？」

差し向かいになるなり、母がいきなり切り出した。

心配かけまいと、兄はふつうに振る舞っていたが、母をごかませなかったようだ。

「仕事が忙しいと聞いたことがありますが」

栄次郎はとぼけた。

しばらく疑わしそうな目を向けていたが、

「そうですか」

と、母は微かにため息をついてから言った。

嘘をつくことに心が痛んだが、こればかりは正直に言うことは出来なかった。

「ところで、岩井さまが会いたいそうです。そのうちに知らせるとのことでした」

母は毅然とした顔つきになって言った。

「わかりました」

いつぞやは、『久もと』で会ったものの、大御所の急病で唄や三味線を自粛したのだ。

母は昼間、ときたま外出しているが、岩井文兵衛と会うこともあるのだ。

母の部屋から退出したあと、栄次郎は兄の部屋に行った。

「兄上。よろしいでしょうか」

「入れ」

威厳に満ちた声が聞こえ、栄次郎は襖を開けた。

兄は窓から庭を熱心に眺めていた。見台に書物が開いてある。登用試験の勉強をしていたようだ。

「兄上。どうかなさいましたか」

「いや。虫の音を聞いていた」

しかし、耳を澄ましたが、栄次郎には虫の鳴き声は聞こえなかった。

兄が見台の前に戻った。その顔に屈託が広がっていた。

「栄次郎。何かわかったか」

「きのう発見された死体は、やはりおゆらだったそうです」

「そうか。会ったことはないが、可哀そうに」

兄は目を閉じた。

「兄上。お城で何か変わったことはございませんか」

栄次郎は一番気がかりなことをきいた。勤番の上で、兄は何者かに疎《うと》まれていることがあるのではないか、ということだ。

「いや。何もない。大過なく過ごしておるが……」

不安そうに目を細め、兄は栄次郎を見つめた。

「何もありませんか」

栄次郎は迷い道に入ったように戸惑った。

「兄上。敵の狙いがまったくわかりません。いったい、何をする気なのか」

「まあ、いたずらに不安がっていても仕方ない。もうしばらく様子を見るしかないだろう。私には疚《やま》しいことはないのだからな」

もっと苦しみ悩むかと思っていたので、案外とさっぱりした兄の態度がかえって新鮮に映った。

そのとき、栄次郎は誤解していたことに気づいた。

兄は事件のことで不安を覚えているのかと思ったが、どうやらそうではないらしい。さっきの屈託のある表情は別の理由からだ。

おそらく、おぎんに会えない寂しさなのだろう。庭を見ていたのはおぎんに思いを馳せていたのだ。

兄は思った以上に肝っ玉の太いひとなのだと、栄次郎は安心した。

栄次郎はふと思い出し、

「兄上。これを」

と、懐から一分金を二枚出した。

「少ないのですが、使っていただけますか。ご祝儀でいただいたものですが」

兄の目が光った。

「いいのか」

きょうは素直に手を出した。

急に、兄の顔色がよくなったような気がした。


翌日、栄次郎は浅草聖天町にやって来た。

待乳山聖天の小高い岡の裏手に、梅吉の住む長屋が見つかった。栄次郎はその路地を入って行く。

井戸端にいた女房に教えてもらい、とっつきの家が梅吉の住まいだとわかった。どぶ板を踏んで、その前まで行き、

「ごめん」

と、栄次郎は声をかけて腰高障子を開けた。

狭い土間に草履が片方だけ裏返って転がっている。あわてて脱いだものと思える。ゆうべは酔って帰って来たのか。

薄暗い奥からもぞもぞと何かが動くのが見えた。

「誰でえ」

寝そべったまま、男が声を発した。

「梅吉さん。私だ。根岸の里で会った矢内栄之進の弟だ」

梅吉が跳ね起きた。

「なんでえ、なんで、ここに」

梅吉が夜具を胸に抱えて身構えた。

この場所がどうしてわかったのかと、薄気味悪がっているのだ。

「落ち着きなさい。ちょっとききたいことがあって寄ったのだ」

栄次郎は差料を外し、右手に持ち替えて上がり框に腰を下ろした。

「座ったらどうだね」

栄次郎が言うと、梅吉は用心深く腰を下ろした。

「おまえさんが始末した女の死骸が見つかったようだが、どうして、あんな場所に捨てたんだね」

　何か言いたそうだったが、梅吉の口は開かなかった。

「深川から大川を渡って、神田川に入って行ったのに、なぜ、わざわざ、また大川に戻ったんだね」

　梅吉は黙っている。

「そうするように言われたのか。それとも、自分で勝手にそうしたのか」

　頑《かたく》なに口を閉ざしている梅吉に、栄次郎は苦笑した。

「黙っていては何もわからない。教えてくれないか」

「俺は、ただ頼まれただけだ」

「だから、誰に頼まれたのだ。矢内栄之進だなどと言ってもらっては困る。ほんとうのことを話して欲しい」

「そいつは……」

　言いかけたが、はっとしたように口を噤《つぐ》んだ。

「おまえは、わざわざ根岸の里までひとを呼び出しておきながら、その後はなしのつぶて。それもおかしいではないか。おまえの言い分では、約束を違えられたことになっているはず」

「困るんだ」

「何が困る？」

「あっしは何も言えねえ」

「なぜだ」

「言えば、殺される」

「なんだと」

「すまねえ。帰ってくれ。俺をそっとしておいてくれ」

梅吉が夜具を頭からかぶった。

栄次郎は呆気に取られて、梅吉を見た。

強引に出て、梅吉の口を割らそうとしたが、どこか気勢を削がれた。それに、威されているようだから、なかなか口を割らないだろう。

「わかった。もし、何かあるのなら力になる」

栄次郎はそう言い残し、梅吉の家を出た。

梅吉は何か隠している。だが、喋ったら命がないと威されているようだ。あの怯えようは、その威しがほんものだからに違いない。

梅吉の口を割らすのは、新八に頼むほうがよさそうだった。

浅草山の宿六軒町から花川戸を抜け、駒形町を経て黒船町のお秋の家にやって来た。

晴天だったのに、急に空が暗くなった。

「危ないところでした」

土間に入った直後、雨が降り出した。

「ほんとう」

お秋があわてて二階に上がった。窓を閉めに行ったのだろう。

栄次郎は二階の小部屋に入った。

窓辺に立った。土手も隅田川も雨に霞んでいた。

「急に降り出されるのは困るわ」

お秋が部屋に入って来た。

「でも、西の空は明るいからじきにやむでしょう」

栄次郎は窓辺から戻った。

「栄次郎さん。うちの旦那からさっき使いが来て、栄次郎さんに話があるそうなの。だから、夜までいて欲しいそうよ」

「話?」

「ええ、珍しいわねえ」

とっさにおゆらの件ではないかと思った。

それから、栄次郎は崎田孫兵衛が来るまで落ち着かぬ時を過ごした。

夜になって、崎田孫兵衛がやって来た。

栄次郎はすぐに呼ばれて、階下の居間に行った。崎田孫兵衛はいつもは浴衣に着替え、くつろいだ姿で栄次郎に接するのだが、きょうは着流しのまま生真面目な顔で待っていた。与力の顔以外のなにものでもないことに、不安が募った。

「困ったことになった」

栄次郎が顔を出すなり、崎田孫兵衛が口を開いた。

栄次郎は生唾を呑み込んだ。

「そなたの兄は矢内栄之進どのだな」

「はい。兄に何か」

「深川仲町の娼妓を殺した疑いがかかっている」

「なぜでしょうか」

栄次郎は息を凝らした。

「殺されたのはおゆらという娼妓だが、おゆらには矢内栄之進という馴染みの客がいたとのこと」

「何かの間違いです。兄はおゆらという娼妓とは会ったこともありません。いったい、どこから兄の名が出たのでしょうか」

崎田孫兵衛は腕組みをした。

「投げ文があったのだ」

「投げ文？」

「おゆらを呼び出していたのは、矢内栄之進という侍だとな」

ついに、相手は動き出したのだ。

「ご番所にですか、それとも同心に」

「いや」

崎田孫兵衛は渋い顔をした。

「では、どちらに？　まさか組頭に……」

兄の上役に、投げ文されたのではと、栄次郎は半信半疑の体できいた。

「違う」

「違う？」

「御徒目付《おかち》だ」

「なんですって」

御徒目付は御目付を補佐し、巡察・取締りを行う。そもそも御目付は、若年寄の下について旗本・後家人の不正を糾す役割があるのだ。

「奉行所に御徒目付の牧田武四郎《まきたたけしろう》どのが乗り込んで来て、娼妓殺しの一件についてききたいことがあると言ってきた。そこで、牧田どのが矢内栄之進どのの名を出したのだ」

まさか、いきなり御徒目付に訴えが行くとは予想外だった。

「では、兄をお取調べにすると」

「さよう。まず奉行所に呼び出し、御徒目付立会いのもとに、事情を訊ねることになった」

なぜだと、栄次郎は握った拳に力を込めた。

「おそらく、きょう、矢内どのは上役からその旨を告げられていよう」

崎田孫兵衛は渋い顔で言った。

栄次郎が焦るのは、敵の意図がわからないからだ。

「御徒目付は、なぜ投げ文を信用したのでしょうか」

「我らも、その点を確かめたが、信用出来るの一点張りで、投げ文の主を教えてはくれなかった」

御徒目付は、ときたま奉行所に出張り、与力・同心をも監視しているので、与力たちからすれば煙たい存在なのだろう。

「ようするに、娼妓殺しは矢内栄之進である、という前提で取調べよと、御徒目付が言ってきたということですね」

栄次郎は自分の声が震えを帯びていることに気づいた。

「まあ、そういうことだ。おそらく、呼び出しは明後日になろう。とりあえず、そなたに知らせておこうと思ってな。以上だ」

そう言うと、もうこれ以上話すことはないというように、崎田孫兵衛は立ち上がった。そして、隣りの部屋に向かった。

お秋が心配そうな目を栄次郎に向けて、崎田孫兵衛のあとについて行った。

栄次郎は自分がことを甘く見すぎていたことを後悔した。まさか、このような手段で、兄を貶めにかかるとは想像さえしていなかった。

こうなったら、梅吉の口を、どうしても割らせなければならない。

栄次郎はお秋への挨拶もそこそこに家を飛び出した。

夕方に通った道を逆に辿って、花川戸、山の宿六軒町から聖天町へとやって来た。

今は、待乳山聖天の常夜灯が仄かに灯っている。

長屋の路地を入り、とっつきの梅吉の住まいに辿り着いたとき、ふいに不安に襲われた。腰高障子を叩こうとしたとき、さっき住まいを教えてもらった女房が顔を見せ、

「梅吉さんなら出て行きましたよ」

と、気だるそうな声で言った。

「どこへ行ったかわかりませんか」

「また、手慰みじゃないかしら。仲間が迎えに来ましたから」

「仲間が？」

「ええ。あのひとも、それさえしなければいいひとなんですけどね」

女房は哀れむように言った。

「その仲間というのは、どんな感じの男でしたか」

「小肥りの男でした」

根岸の里で会った百姓の恰好をしていた男かもしれない。

「以前から見かけた顔でしたか」

「いえ、最近、何度かここにやって来ていました」

女房はそのまま買物に行くのか、路地を出て行った。

栄次郎もあとから木戸を出た。

しばらく、どこかに身を隠すつもりなのかもしれない。なぜ、さっき、強引にでも口を割らせなかったのかと、またも栄次郎は臍《ほぞ》をかんだ。

そこから半刻（一時間）以上かかって、本郷の組屋敷に帰って来た。

栄次郎が兄の部屋に行くと、兄は部屋の真ん中で瞑目していた。

「兄上」

何度目かの呼びかけで、やっと兄が目を開けた。

「おお、栄次郎か」

兄は虚ろな目を向けた。

「兄上。何かございましたか」

「うむ。おゆらという娼妓殺しの件で、奉行所に呼ばれることになった。御目付のほうから上役を通し、奉行所の取調べに協力するように言ってきた」

「やはり、そうでしたか」

「やはりとは？」

「兄上。これは、何者かが最初から兄上に罪をなすりつけようとしているのです。なぜ、兄上が狙われたか、何か心当たりはありませんか」

「栄次郎。私もずいぶんと考えてみた。しかし、何も思い当たることはないのだ。お城にいても、とくに問題はない。あるとすれば……」

ちょっと声をひそめ、

「おぎんのことだ。いや、おぎんがらみではない。これは、おぎんに確かめてある。おぎんにきいても、何もないのだ。あるとすれば、『一よし』の内証で話したことだが」

そこで、兄はまた顔をしかめて首を横に振り、

「何を話したか、覚えていないのだ。とくに、難しい話をした覚えはないのだが」

と、気弱そうになった。

「兄上。ともかく、お奉行所では何もかも正直にお話しください。へたに隠し立てすると、不利になってしまいます。じつは、兄上を貶めようとした者は、何もかも調べ上げ、御目付に密告の文を送ったようなのです」

「御目付に密告だと」

「そこまでするのは、単に兄上を娼妓殺しの下手人に仕立てようとするだけが目的とは思われません。もっと何か、大きなものが隠されているような気がするのです」

やはり、兄の公務にからんだことと考えられるのだが、兄に心当たりはないことが

不思議だ。

「兄上。くどいようですが、朋輩あるいは上役の不正に気づいたとか、そういったこともなかったのですか」

「ない。父譲りで、私はそういった不正を見逃すことは出来ないたちだ。だから、そのようなことがあったら、気づかぬはずはない」

そうだ。兄は曲がったことの嫌いな御方だ。その点に関しては融通がきかない。だから、最初は岡場所に対しても嫌悪感を抱いていたのだ。

ふと、思い出して、栄次郎は口にした。

「小普請組の山野井大吉という旗本をご存じじゃありませんか」

「山野井大吉とな。いや、知らん。それが何か」

兄は不思議そうな顔をした。

「本所の屋敷で、賭場を開いているそうです。兄上を船に誘い込んだ船頭は、山野井大吉の屋敷に出入りをしているようです」

「そうか。しかし、私ははその御方を存じ上げない」

「たまたま、その船頭が山野井の賭場に出入りをしていただけなのか、それとも、山野井のほうに何かあるのか」

「私は、山野井どのとは接する機会はないはずだが……」

兄の表情が変わった。

「まさか、殺された娼妓の馴染みという侍は、山野井どのということは」

「兄上。私もそのことを考えてみました。山野井どのは、仲町で兄上の姿を見掛け、兄上のことを調べ上げたということも考えられます。山野井どのは、娼妓のおゆらが思うようにならずに、かっとなって殺してしまった。それを、偶然に見かけていた兄上に罪をなすりつけようとした。そう考えてみました」

「うむ」

兄も同じ考えだというように頷いた。

「しかし、どうもすっきりしないのです。おゆら殺しを免れるには、もっと他に方法があったはず。どうして、あんな場所におゆらを捨てたのでしょうか。おゆらの死体をわざと発見させたとしか思えません。それは、さっきも言いましたように、兄上に罪をなすりつけたいからです」

栄次郎は息継ぎをし、

「山野井大吉どのが、兄上にそこまで恨みを持っているとは考えられません」

「そうだな」

「山野井大吉どのについては、もう少し調べてみます」

「栄次郎、頼む。母上が何か様子がおかしいことに感づいている。あまり、心配をかけたくない」

「わかっています。それでは」

と、栄次郎は兄の部屋を辞去したが、苦しそうな兄の顔が瞼に残った。だが、窮地に立たされたことで悩んでいるのか、おぎんに会えないことがつらいのか、栄次郎には判断がつかなかった。

六

翌日は稽古日。栄次郎は雑念を払い、気持ちを集中して稽古に臨んだ。

稽古が終わったあと、

「十一月の顔見せに、また地方《じかた》を頼まれました。吉栄さんも、お願いします」

と、師匠がさりげなく言った。

「ありがとうございます。一生懸命に務めさせていただきます」

栄次郎は低頭し、礼を述べた。

控えの部屋に下がると、おゆうが来ていた。

「栄次郎さん。聞こえました。おめでとうございます」

おゆうは我がことのように喜んだ。

「ありがとう」

おゆうは声をひそめ、

「この間は、ありがとうございました」

と、萩寺のことを持ち出した。

「いや、こちらこそ」

おゆうのおかげで萩絵への思いが断ち切れたのだ。

「また、新八さんを待っているのでしょう」

「ええ」

栄次郎は苦笑した。

「だいじょうぶです。きょうは、私、邪魔をしませんから」

おゆうが明るく言ったとき、師匠の咳払いが聞こえた。

「いけない。では、行って来ます。あっ、そうそう。また神田祭が近づいてきましたね」

「その前に重陽の節句ですよ」

重陽の節句、九月九日は、遊芸の弟子は師匠のもとに伺い、賀《いわい》の儀を述べるのだ。

「はい」

おゆうはいそいそと師匠のところに行った。

神田祭か、と栄次郎は呟いた。以前におゆうといっしょに神田祭に行ったことがある。おゆうは覚えていたのだ。

おゆうが稽古に入り、しばらくして新八がやって来た。

「今夜、本所に行ってみたいのですが」

「山野井大吉の屋敷ですね。わかりました。ご案内します」

「じゃあ、御厩河岸の渡しの本所側の船着場で。終わりの船の着く頃に」

わかりましたという新八の返事を聞いて、栄次郎は先に師匠の家を出た。

蔵前通りに出て、黒船町に向かった。

お秋の家で少し休んでから、栄次郎はきょうの最後の渡し船に乗るために、お秋の家を出た。

だいぶ陽が傾いていた。波が高そうだが、船が出せないほどではなかった。

栄次郎は、数人の乗船客に混じって本所側に渡った。だいぶ揺れて、船を下りたあとで、乗船客のひとりがげえげえやっていた。

土手の上に、新八が待っていた。

目顔で頷き、新八がゆっくり下流に向かって歩き出した。栄次郎はすぐに並んだ。

武家屋敷の塀が途切れて、堀に突き当たると、左に折れた。

居酒屋の軒行灯に早々と明かりが灯り、職人らしい半纏姿の男が縄暖簾をくぐって行った。

石原町の町中を抜けると、武家屋敷が並んでいる一帯に出た。

だいぶ空は薄暗くなってきた。まだ西の空に明るい輝きが残っていたが、最後の踏ん張りにすぎない。あっという間にその輝きも消えて、紺色に染まっていく。風がひんやりとし、もう肌寒いほどだった。

御家人の屋敷の木戸がしばらく続いてから、長屋門の屋敷の前に出た。

「ここです」

行き過ぎてから、新八が言った。

門番所から誰かが見張っているかもしれないので、新八は用心をしたのだ。

しばらく行ってから引き返した。辺りは急激に暗くなった。

山野井大吉の屋敷の潜り戸をくぐって行く人影があった。羽織姿の大店の主人ふうの男だった。すぐ、そのあとから着流しの侍が入って行った。

「きょうも賭場が開いているようですね」

栄次郎は、屋敷を見通せる暗がりに立ち止まってきいた。

「ほとんど毎日のように開かれています。山野井大吉が胴元で、かなり稼いでいるようですね。客には武士も多く、大店の主人もいて、客筋はかなりいいようです。大きな賭場といっていいでしょう」

新八が、調べてきたことを説明した。

旗本屋敷の中間部屋で行われている博打ではない。旗本自身が胴元になっているのだ。

「町方は旗本屋敷だから手も出せないのでしょうか」

栄次郎は、素朴な疑問を口にした。

「それもありますが、袖の下をつかまされているんでしょう。見てみぬふりですよ。だから、客も安心して遊べる」

栄次郎はまたも考えの壁にぶち当たった。

山野井大吉と兄とのつながりはないのだ。やはり、山野井大吉は無関係なのか。

「栄次郎さん。来る途中にあった居酒屋で待っていてくれませんか。ちょっと、中に入ってきます。梅吉がいるかどうか、探ってきますよ」

いとも簡単に、新八が言う。

「わかりました。お願いいたします」

栄次郎の返事を聞くと、新八は着物を尻端折りし、懐から黒い布を出し、器用な手つきで頬かぶりをした。

新八が山野井大吉の屋敷の塀を簡単に乗り越えたのを見て、栄次郎は石原町にある居酒屋に向かった。

縄暖簾をくぐると、賑やかな声が耳に飛び込んできた。六人掛けの飯台が二つに、小上がりの座敷があり、飯台で職人ふうの四人連れが大声で笑っており、もうひとつの飯台では年寄りと若いのが、まるで言い合うようにして興奮していた。小上がりの座敷には商家の番頭ふうの男がひとりで酒を呑んでいた。

栄次郎は、年寄りと若いのが言い合っている飯台の隅に腰を下ろした。

紺がすりの小女《こおんな》が注文を取りに来た。

「すまない。待ち合わせているのです。連れが来てから頼むので待ってくれませんか」

はいと言い、小女は板場に引っ込んで、茶を持って来てくれた。

呑めれば酒を注文するところだが、栄次郎は所在なかった。

隣りの年寄りは、どうやら若い男の父親のようだ。道楽者の伜に説教を垂れている。

それに対して、伜が不満そうに言い返している。そんな感じだった。

やがて、年寄りが泣き声になってきた。すると、伜のほうもうなだれてきた。

「お父っつぁん、俺が悪かった。もう一度、頑張るよ」

伜も泣き声で言う。

「その言葉、忘れんじゃねえぞ」

「わかっている」

年寄りが酒を注文した。

(父親か……)

栄次郎は亡き父を思い出した。矢内の父はとにかく栄次郎を可愛がってくれた。ときには厳しい躾けもあったが、栄次郎には、やさしかったという記憶しかなかった。

面倒見のよいひとで、他人が困っているのを見ると放って置けない性分だった。自分でも、お節介焼きだと言っていた。

その性分を、栄次郎は引き継いでいる。しばし、亡き父を偲んでいると、ふいに実父のことが思い出された。

実父といっても、まるで実感はない。もちろん記憶にないどころか、会ったことさえないのだ。それに、大御所という雲の上の存在であり、まったく自分とは無縁の御方であり、その実父が会いたがっているといっても、栄次郎は戸惑いを覚えるだけだった。

気がつくと、小上がりの座敷にいた商家の番頭ふうの男の姿がなかった。そういえば、さっき帰って行ったようだ。

四半刻（三十分）ほどして、新八がやって来た。

「いましたぜ」

向かいに腰を下ろすなり、新八は言った。

「やはり、あの屋敷に匿われていたのですね」

これで、山野井大吉が何らかの形で事件に関わっているとみて間違いない。

新八が、あっと気づいたように、

「そうか。栄次郎さんは呑まなかったんでしたっけ」

と、栄次郎の前に湯呑み茶碗しかないのを見て言った。

そこに、さっきの小女が注文を取りに来た。

「新八さん。私に遠慮なく」

「そうですかえ。じゃあ、姉さん。お酒を頼む。それから、つまみは……」

新八の声をよそに、栄次郎はこれからのことを考えた。

やみくもに山野井大吉に会ってもしらを切られるだけだ。なにしろ、兄との関係が不明なのだ。やはり、まず梅吉を問い詰めることが先だ。

酒が運ばれてきて、新八が手酌で酒を呑みはじめた。

「あの男は、あそこで何をしているんですか」

他人の耳を憚《はばか》り、念のために梅吉の名を出さずに小声できいた。

「ただ、部屋でごろごろしているだけのようです」

「外に連れ出す、うまい手はないですか」

「そうですね」

猪口を持ったまま、新八は目を細めた。

「こうしましょう。あたしがもう一度、屋敷に忍び込み、梅吉に船宿からの使いが外で待っていると告げてみます。梅吉がどう出るかわかりませんが」

「いいでしょう。やってみましょう」

「徳山五兵衛《とくやまごへえ》さまの屋敷裏手の空き地で、待っていると伝えます」

今は、その職は廃止されたが、徳山五兵衛は最初の本所奉行であり、本所を開拓した功績がたたえられている。

「わかりました」

「姉さん、お勘定だ」

新八が小女を呼び、勘定を支払った。

徳山五兵衛の屋敷にさしかかると、

「じゃあ、栄次郎さんはそこで待っていてください」

と言い、新八は身軽に山野井大吉の屋敷に向かった。

空き地は草がまばらに繁っていて、真ん中に欅《けやき》の樹が立っていた。

月明かりの翳になっている欅の横で、栄次郎は梅吉を待った。

秋の虫の音があちこちから聞こえる。どこか弱々しい声に思えた。晩秋の気配が色濃くなりつつある。

四半刻（三十分）を過ぎたと思う頃、新八に連れられ、見覚えの男がやって来た。梅吉だ。

「おい、船宿の旦那はどこだ？」

梅吉が不審そうな声で新八にきいた。

「そこだ」

新八が欅のほうに梅吉を連れて来た。

「やい、どこにもいやしねえじゃねえか」

梅吉がいらだったように言う。

「ここにいる」

栄次郎は暗がりから顔を出した。

あっと、梅吉が声を上げ、踵を返そうとした。その行く手を新八が遮った。

「ちくしょう。騙《だま》しやがって」

梅吉が、いまいましそうに吐き捨てた。

「梅吉さん。あの夜のことを話してもらいたい」

栄次郎はゆっくり梅吉に迫った。

「なんのことでえ」

「誰に頼まれて、矢内栄之進に罠を仕掛けたのだ？　言わなければ仕方ない。刀にかけても聞き出す」

栄次郎は鯉口を切った。

梅吉は飛び上がった。

「待て。待ってくれ」

平手を突き出し、梅吉はへっぴり腰になった。

「誰だ。頼んだのは？　山野井大吉か」

栄次郎は鋭い声できく。

「知らねえ」

「そうか。あくまでもしらを切るというのか。ならば仕方ない」

栄次郎は刀の柄に手をかけた。

そのとき、地を蹴る足音が聞こえた。

「栄次郎さん」

新八が叫んだ。

五人の侍が駆けつけてきて、たちまちのうちに栄次郎を取り囲んだ。中にひとりだけ武士がいたが、他の四人は浪人者だ。

「新八さん。梅吉を頼む。この連中は私が抑える」

栄次郎は五人に向き合った。首領格の武士の横に、見覚えの巨軀の浪人がいた。

「そなたは、この前の御仁ですね」

根岸の里で襲って来た浪人だった。

「先日の礼をさせてもらう」

巨軀の浪人が刀を抜くと、いっせいに他の三人も抜刀した。

四人は栄次郎を取り囲み、徐々に間合いを詰めてきた。

栄次郎も摺り足で近寄り、前方の敵が上段から振りかぶるや、刀を鞘走らせ、相手の足を斬り、すぐさま体を右に開き、下からすくい上げるように、ふたりめの敵の腕を斬り、さらに振り向きざま背後から襲いかかった敵を袈裟斬りにした。

一瞬の間に三人が倒れた。

栄次郎は刀を袈裟に振り下ろして血振りをし、左手を鯉口に当て、刀を鞘に納めた。

そして、改めて巨軀の浪人と武士に向かい合った。

細身の侍がにやついた。やけに目の大きな男だ。鼻や口が小さいので、よけいにぎょろ目が際立っている。

「そなたが矢内栄之進の弟か。なかなかの腕だ。だが、これまでだ」

落ち着いている理由はすぐわかった。

侍は懐から短筒を取り出したのだ。そして、銃口を栄次郎の心の臓に向けた。

栄次郎は刀の鯉口を切り、

「そなたは何者ぞ。山野井大吉とはどういう関係なのだ」

と、問い詰めるようにきいた。

「遊び仲間よ」

侍は大きな目を瞬きもせずに言う。

「なぜ、そなたたちは兄に罠をかけたのだ」

「さあな」

侍が冷笑を浮かべた。

「おゆらという娼妓を殺したのは、山野井大吉だな」

「冥土の土産に教えてやろう。そのとおりだ。山野井大吉は、おゆらに夢中になりおった。だが、あっさり袖にされたことが許せなかったのだ」

「その罪を兄になすりつけようとしたのか、それとも兄を貶めるためにおゆらを犠牲にしたのか」

「もういいだろう」

侍が短筒を持つ手を伸ばした。

その左手にいた巨軀の浪人が剛剣を抜き、上段に構えて迫った。栄次郎は後退った。

「栄次郎さん」

新八が怒鳴った。いつの間にか現れた新手の侍が、新八に剣を突きつけていた。

「矢内栄次郎まで始末出来るとはな」

侍がほくそ笑んだ。

「私まで始末だと？　どういうことだ」

「死んで行く人間には知る必要のないことだ」

なおも栄次郎は後退った。欅の樹の傍に追い詰められた。

抜き打ちに短筒を持った侍を襲えば、巨軀の浪人がその隙を狙って斬り込んでくる。

逆に、浪人のほうに先に仕掛けても、短筒が火を噴く。

短筒の銃口は、栄次郎の心の臓に狙いが定まって微動だにしない。

「覚悟」

侍が言った刹那、何か飛んで来た。石礫だ。侍の短筒を持つ手首めがけて石礫が飛んで来たのだ。侍は腕を上げ、石をよけた。

その隙を逃さず、栄次郎は刀を鞘走らせた。踏み込んで短筒を剣で弾き飛ばし、体を左に開くや、巨軀の浪人の胴を狙って剣を横にないだ。

虚を衝かれた浪人は目を剝いた恐怖の表情で剣を振り下ろしたが、それより先に栄次郎の剣が浪人の胴を斬った。

侍のほうに顔を向けると、深編笠の侍が細身の侍と対峙していた。

「兄上」

栄次郎が呟いたとき、兄栄之進の剣が細身の侍の剣を弾き飛ばしていた。細身の侍は大きな目を見開いたまま後退った。

だが、いきなり細身の侍は踵を返し、一目散に逃げ出した。

「しまった」

兄が叫んだ。

栄次郎は兄のもとに駆け寄った。

「兄上」

「栄次郎。無事だったか」

「危ういところでした。助かりました。でも、どうしてここに」

「仲町からの帰りだ。おぎんが、おゆらの相手の男を探り出してくれた。おゆらは朋輩に漏らしていた。旗本の山野井大吉だと。それで、ここにやって来たら、この騒ぎだったのだ」

「栄次郎さん」

新八が梅吉を引っ張って来た。

どうやら、新八は新たな敵から梅吉を守り通したようだ。

「兄上さまが現れたら、敵は驚いて逃げ出してしまったんですよ」

「いえ、新八さん。よくやってくれました。兄上。この者に見覚えは？」

　栄次郎は梅吉を月明かりの下に突き出した。

「やっ、おぬしはあのときの船頭。そうだ、頬かぶりをしていたが、あのときの船頭に間違いない」

「梅吉は青くなって口をわななかせていた。

「梅吉。もう逃れられぬ。言うのだ。言わなければ、町方に突き出す」

　栄次郎は強く迫った。

　膝が震えているのか、梅吉は地に膝をついた。

「おい、船頭。誰に頼まれたのだ？　山野井大吉か」

「違う。峰蔵《みねぞう》って男だ」

「峰蔵？　あの小肥りの男か」

「そうだ。賭場で知り合った男だ。旦那を船に乗せて、和泉橋近くに置き去りにしろって。それから、文を投げ入れろと」

「あの死体はおゆらだったのか」

「違います」

「違う？　別人か」

「あれは死人じゃねえ。夜鷹に死人の真似をさせたんだ」

「死んではいなかったのか」

兄は憮然たる面持ちで呟いた。

「なぜ、そんな真似をさせたんだ」

「峰蔵が言うには、矢内栄之進を威せばいいってことだった」

「さっき、この侍が妙なことを言ってました。矢内栄次郎まで始末出来るとはな、と。最初、根岸の里に呼び出されたときも、私を襲ってきた。どういうことなのだ」

栄次郎は梅吉に問うた。

「俺はそこまでは知らねえ。ただ、言われたとおりにしたまでだ。ただ、裏切ったら殺すと威されていたんだ」

顔を強張らせ、懸命に言う梅吉の言葉に嘘はなさそうだった。

兄を陥れ、さらにあわよくば栄次郎を亡き者にしようとした。そういう敵は何者なのか。山野井大吉の背後に誰かいるのか。

「ともかく、山野井の屋敷に行ってみよう」

そう言うや否や、兄は歩き出した。

「いっしょに来てもらおう」

梅吉を急《せ》かし、栄次郎もすぐにあとを追った。

「裏口からのほうが」

新八が横の路地に入った。

「今夜は賭場が開かれているのか」

あとに従いながら、兄がきいた。

「ええ、だいぶひとが集まっていました。門番も厳重に出入りを見張っているようですから、表から入り込むのはやっかいです。そのかわり、裏口には誰もいません」

裏口の前にやって来た。

「裏口は錠がかかっているのではないのか」

「兄上、心配いりません。新八は身が軽いんです」

兄が不思議そうに目をくれた間に、新八は塀を乗り越えた。

やがて、裏口の戸が開いた。

兄は複雑な顔をして、屋敷内に踏み込んだ。

荒れ果てた庭だった。小さな池は葉っぱが積り重なって水が見えなかった。

玄関へ向かう庭木戸の前で様子を窺う。玄関から入ったすぐ横の部屋が賭場らしく、明かりが漏れ、人声が聞こえた。

新八がその部屋の様子を見に行ってきた。

「山野井大吉はいません」

「よし。奥の部屋を探そう」

横手の雨戸を外し、廊下に上がった。廊下は暗かった。

暗い廊下を奥に向かう。

庭に面した部屋の前で、栄次郎は緊張して立ち止まった。

「血の匂いです」

新八がすかさず襖を開けた。

庭からの月明かりが部屋の中に入り込んだ。

栄次郎は目を疑った。誰かが倒れていた。顔はわからないが、栄次郎には想像がついた。山野井大吉ではないかと。

「山野井大吉か」

栄次郎は梅吉にきいた。

尻込みして顔を見た梅吉は小さく悲鳴を上げ、

「そうです。殿さまです」

と、震えを帯びた声で言った。

そのとき、隣りの部屋から廊下に飛び出した影があった。

「あの侍だ」

すかさず新八の体が反応した。

「栄次郎さん。任してください」

新八が追いかけた。

「頼みました」

新八に声をかけてから、栄次郎は梅吉に顔を向けた。

「梅吉さん」

梅吉が飛び上がった。

「自身番に知らせてくれませんか」

「わかりました」

梅吉は部屋を飛び出して行った。

改めて、山野井大吉の死体を調べた。

「自害したのか」

兄がきいた。

「いえ。自害に見せかけていますが、他人の手が加わっています」

「さっきの侍の仕業か。何者なのか」

兄が眦《まなじり》をつり上げた。

栄次郎はすぐに賭場の開かれている部屋に行った。

思い切り襖を開けると、ざわめきがさっと耳をつんざくように聞こえた。

「町方が来る。逃げるなら今のうちだ」

栄次郎が叫んだ。

一瞬、ざわめきが途絶えた。盆茣蓙《ぼんござ》のまわりに、武士もいれば、職人もいる。商家の主人ふうの男の姿もある。さっき、居酒屋にいた番頭ふうの男の顔があった。

皆、今の言葉を理解するのに手間取っているようだった。

「町方が来るのだ。逃げるんだ」

その次の瞬間、部屋は大混乱に陥った。

我れ先にと盆茣蓙を踏みつけて出口に殺到した。怒声に悲鳴が重なる。

しかし、逃げるのは早かった。あっという間にもぬけの殻になった。残ったのはこの屋敷の奉公人たちだけだった。

やがて、町方が駆け込んで来た。

七

重陽の節句が過ぎ、十三夜も過ぎた。

その日、栄次郎は岩井文兵衛との待ち合わせ場所に向かって屋敷を出た。

加賀前田家の上屋敷前の追分で、中山道と日光御成街道とに分かれる。栄次郎は左に道をとり、やがて小石川片町にある寺にやって来た。

そこの庫裏の座敷に案内されたが、岩井文兵衛はまだやって来ていない。

岩井文兵衛とは、母に連れられはじめてここで会ったのだ。

開け放たれた障子の向こうに手入れの行き届いた庭が見える。菊が見事に咲いている。

結局、兄は奉行所に呼ばれることはなかった。御目付のほうから、その必要なしとの知らせが入ったのだ。

娼妓のおゆら殺しは、山野井大吉の仕業であり、峰吉や巨軀の浪人がその手先となって働き、兄に罪をなすりつけようとした。だが、その目論見は失敗し、山野井大吉は自害して果てた。

そういうことで決着をみることになったが、栄次郎は納得がいかなかった。

まず、山野井大吉は自害ではない。何者かに殺されたのだ。短筒を持っていた目の大きな侍の仕業だ。

その侍の真の名を、山野井大吉の屋敷の者は誰も知らなかった。その侍こそ、すべての鍵を握る存在であることは疑いようもない。

あの侍のあとをつけて行った新八は神田明神の辺りで見失った。それから、新八はその近辺を毎日歩きまわり、ついに先日、あの侍を探し出したのだ。

その侍は御小人目付の筒井《つつい》重太郎《じゅうたろう》である。御徒目付と同様に、御目付の下で、巡察や取締りに当たる者であった。

その結果、なぜ、兄が罠にかけられたのか。なぜ、栄次郎までが狙われたのか、そのことに想像がついたのだ。

栄次郎の抱いた疑いは、大御所が栄次郎のために、またぞろ何かしようと企んだのではないかということだ。

尾張六十二万石の太守に据えようという大がかりなものでなくとも、栄次郎の抜擢によって不利益をこうむる輩がいて、栄次郎を亡き者にしようとした。兄はその巻き添えを食ったということではないのか。

静かに襖が開き、岩井文兵衛がやって来た。

目の前に腰を下ろすなり、

「急のお呼び、何かございましたか」

と、岩井文兵衛は心配そうにきいた。

「はい。兄があやうく人殺しの罪を着せかけられ、私も命を狙われました」

「なんと」

岩井文兵衛は顔を紅潮させた。

「いったい何者が」

「本所に屋敷を持つ旗本山野井大吉が、深川の娼妓を殺め、その罪を兄になすりつけようとして……」

栄次郎は事件の顚末を語った。

「奉行所の調べはまだ不十分でございます」

栄次郎は膝を進めた。

「御前。教えてください。大御所さまは、また私のことで何かをお考えになったのではありませんか」

「いや。それは……」

岩井文兵衛は言い澱んだ。

「やはり、そうなのですね」

栄次郎は畳みかけた。

「大御所が私のためにと思い、何かをお考えになれば、そのために弾き出される者が出て参ります。その者たちが我が身を守るために牙を剝くのです」

「栄次郎さま」

岩井文兵衛は、覚悟を決めたように顔を上げた。

「じつは」

と、岩井文兵衛が言いづらそうに続けた。

「母上さまから、栄之進どのの嫁御のことを頼まれておりました。ある御方の娘御で、とても栄之進どのにふさわしい御方が見つかりましたが……」

岩井文兵衛は歯切れが悪い。

「ひょっとして、身分違いということがひっかかって」

「いや。そうはっきりしたものではないが、もう少し、栄之進どのにいい役職を就けてもらえないかと、先方から条件を出された。そこで、いろいろ考えた末に」

「兄を御徒目付にですね」

御目見得以下の者にとっては、御徒目付は出世の足掛かりとなる役である。兄をそこにまわし、そこからまた別の役に就けようとしたのかもしれない。

「そうです。だが、しばらくしたら、御徒目付組頭に昇進するでしょう」

「兄は、私の関係で出世することは望んではいないと思いますし、またそれで出世しても喜ばないと思います」

「いや。それだけではない。栄之進どのは謹厳実直、正義の士であられる。ならば、まさに御徒目付にうってつけだという評価」

確かに、兄ならば旗本・御家人の不正を糾す役にはもってこいかもしれない。だが、突然の役替えは、どうしても栄次郎絡みとみられても仕方ない。

「御前さま。この話は兄上にはまだ通っていないのですね」

「そのようです。だが、近々そうなるはずです。栄次郎さま」

岩井文兵衛は、目に真実の色を浮かべ、

「昨今、旗本・御家人の堕落は目に余るものがあります。先の山野井大吉のような輩が、他にもたくさんいるはずです。そのような者を取締まるためにも、栄之進どのの力が必要とされているのではありますまいか」

確かに、山野井大吉のような不良旗本を取締まるには、兄のような者が必要かもしれない。

今度の件を落着させるためにも、兄は御徒目付の役を引き受けるべきかもしれないと、栄次郎は思った。


その夜、栄次郎は兄の部屋で差し向かいになっていた。

「兄上。今度の一件は、兄上が御徒目付に役替えになるのを阻止しようとして、御徒目付の牧田武四郎《まきたたけしろう》、そして御小人目付の筒井重太郎が、兄上に罪をなすりつけようとしたものと思います」

「ふたりは山野井大吉とつるんでいたというわけか」

「はい。山野井大吉の屋敷が賭場と化しているのを見逃す代わりに、袖の下をもらっていたのではないでしょうか。もし、兄上が御徒目付になれば、その不正が暴かれるかもしれない。そこで、山野井大吉が娼妓のおゆらを憎んでいるのを利用し、兄上に汚点を与えようとした。それが今回の事件だったと思われます」

「それを、最後は山野井大吉だけに罪を押しつけ、自分たちはのうのうとしているというわけか」

兄は汚いものを見るように顔をしかめた。

「兄上。牧田武四郎と筒井重太郎が山野井大吉とつるんでいたという証拠はなく、このままでは、ふたりはなんのお咎めも受けないことになります」

「栄次郎。わしに御徒目付の役を引き受けろと申すのか」

「はい。それでしか、あのふたりの悪事を暴くことは出来ないと思います」

うむと、兄は渋い顔になった。

「兄上。これは決して私の縁での役替えとは違います。兄上の力量が認められたからです。お引き受けなされるのがよろしいかと」

「そうだが」

兄は気弱そうな目になった。

もともと、兄は無欲だ。がむしゃらに出世していこうという気概はない。

いや、それだけでなく、栄次郎の引きでお役につくということに、抵抗があるのかもしれない。

「栄次郎」

兄は苦しげな顔を上げた。

「もし、御徒目付になったら」

兄は言い澱んだ。兄は何に悩むのか。御徒目付に何があるというのか。たとえ、不正を糾すということであれ、兄には旗本や御家人を監視するということに堪えられないのであろうか。

「兄上、なんでございますか。なんなりと胸の内をお明かしください」

栄次郎は静かに催促をした。

「おぎんだ」

「おぎん、ですか」

聞き違えたのかと思った。

「おぎんがどうかしましたか」

「いや、なに」

急に、兄の顔つきが変わった。

そのとき、栄次郎は気がついた。

「ひょっとして、兄上は御徒目付になると、深川に遊びに行けなくなるとお考えで？」

「まあ、そうだ」

どんな事態にも動じることなく、頭にあるのはおぎんのことだ。それだけ、おぎんに執心していると思うべきか。

「兄上。そのような規則はないと思いますよ。今までと変わらないのではありませんか」

「そうだの」

兄はようやく口許を綻ばせ、

「よし。それなら御徒目付を受けてみよう」

と、あっさり言った。

兄は思った以上に、器の大きな人物なのかもしれない。栄次郎はそう思った。


神田祭も終わり、銀杏の葉も黄色に染まり出す頃になったある日、栄次郎は深川に足を向けた。

まだ、夕暮れには早く、遊客もまばらだった。

仲町の『一よし』の土間に入ると、内証のほうから女たちの笑い声が聞こえた。その中に男の声が聞こえた。

男が何か言うと、また女たちの笑い声が聞こえた。

そっと内証を覗くと、兄の背中が見えた。おしまが気づいて、そっと出て来た。

「兄上が帰った頃を見計らってまた来ます。せっかくいい気持ちなのに水を差しては申し訳ないですから。私のことは内緒に」

そう言って、栄次郎は外に出た。

時間を潰すために、富岡八幡宮に向かったが、栄次郎は忍び笑いを漏らした。

屋敷ではいつも厳《いか》めしい顔をし、無駄口を一切きかない兄が、あのような饒舌家だとは想像もつかない。

ほんとうに愛すべき兄上だと、栄次郎は楽しくなった。

時代小説

二見時代小説文庫

見《み》切《き》り　栄《えい》次《じ》郎《ろう》江《え》戸《ど》暦《ごよみ》3

著者　小《こ》杉《すぎ》健《けん》治《じ》

発行所　株式会社　二見書房
東京都千代田区三崎町二―一八―一一
電話　〇三―三五一五―二三一一［営業］
　　　〇三―三五一五―二三一三［編集］
振替　〇〇一七〇―四―二六三九

印刷　株式会社　堀内印刷所
製本　ナショナル製本協同組合

落丁・乱丁本はお取り替えいたします。
定価は、カバーに表示してあります。

ISBN978－4－576－08128－1
http://www.futami.co.jp/